L'AMOUR SOUDAIN

Aharon Appelfeld est né en 1932 à Czernovitz, en Bucovine (alors rattachée à la Roumanie). À l'âge de huit ans, il est déporté dans un camp d'où il s'évade quelques mois plus tard. Il se cachera durant trois années dans les forêts ukrainiennes avant d'être enrôlé dans l'Armée Rouge. En 1946, après avoir traversé l'Italie, il embarque sur un bateau et gagne la Palestine. Il vit à Jérusalem.

Auteur de nombreux romans, traduits dans le monde entier, Aharon Appelfeld a toujours refusé l'étiquette d'« écrivain de la Shoah ».

DU MÊME AUTEUR

Badenheim 1939
Belfond, 1986
et « 10/18 », n° 2487

Au pays des roseaux
Belfond, 1992

L'Immortel Bartfuss
Gallimard, 1993
et Seuil, « Points », n° P1385

Katerina
Gallimard, 1996

Tsili
Seuil, « Points », n° P1258, 2004

Le Temps des prodiges
Seuil, « Points », n° P1259, 2004

Histoire d'une vie
Editions de l'Olivier, 2004
et « Points », n° P1384

Floraison sauvage
Editions de l'Olivier, 2005

Aharon Appelfeld

L'AMOUR SOUDAIN

ROMAN

Traduit de l'hébreu (Israël)
par Valérie Zenatti

Éditions de l'Olivier

TEXTE INTÉGRAL

TITRE ORIGINAL
Pit'om ahava

ÉDITEUR ORIGINAL
Keter, Jerusalem, 2003

ISBN 2-7578-0149-X
(ISBN 2-87929-438-X, 1re publication)

1

Ernest venait d'avoir soixante-dix ans. Pour son anniversaire, Iréna prépara un gâteau au fromage qu'elle décora avec des fraises.

« Joyeux anniversaire, dit-elle en posant le gâteau sur la table.

– À mon âge, on ne fête plus ce genre de chose, dit-il sans la regarder.

– Ce n'est pas vrai », répondit-elle, et elle eut soudain peur des mots qui étaient sortis de sa bouche.

Cela fait deux ans, depuis l'opération, qu'Iréna travaille chez Ernest. Elle arrive chaque matin à huit heures et repart à quinze heures. Certains jours, elle reste plus longtemps. Ils parlent peu. Parfois Ernest l'étonne en lui posant une question, ou en exprimant une pensée qui le tracasse.

« Pourquoi m'as-tu préparé un gâteau ? demanda-t-il sans lever les yeux.

– J'ai pensé que cela te ferait plaisir.

– À *moi* ?

– Un gâteau au fromage fait toujours plaisir, dit-elle, et elle fut contente de sa réponse.

– Ça me fait plaisir de manger un bon gâteau mais cela ne me rend pas heureux pour autant. »

Ernest ajouta : « À mon âge, la joie est fatigante. »

Il y a un an, il était encore méfiant à son égard. Mais son assiduité et son dévouement l'ont conquis. À présent, il se penche vers elle pour écouter ses conseils sur des sujets d'ordre domestique, ou simplement lorsqu'elle lui raconte quelque chose. Iréna est laconique. Le nombre de mots qu'elle prononce chaque jour est mesuré. Elle sait qu'Ernest n'aime pas bavarder, ni plaisanter. Il est heureux lorsqu'elle comprend un sous-entendu ou une allusion. Ernest la surprend à chaque fois. La veille, il lui a dit : « Je ne voudrais pas vivre une autre vie. » Un instant, elle fut stupéfaite : sa vie n'était pas un jardin de roses.

Iréna était assise dans un coin sans le regarder. Elle aime lui servir un plat et guetter sa réaction mais elle veille à ne pas le déranger dans ses pensées. Parfois, il est tellement plongé en lui-même qu'il en oublie de manger. Ernest lui parle en allemand avec ici et là un mot yiddish, ou une phrase en hébreu. Il dit que sa mémoire faiblit depuis l'opération. Iréna ne le croit pas. Ses paroles sont claires et elle comprend ce qu'il désire sans qu'il y ait besoin d'explications. Elle a déjà remarqué qu'Ernest est avare de descriptions, mais il lui arrive de prononcer un mot rafraîchissant comme une poire qu'on vient d'éplucher. Il a aussi quelques raffinements qu'elle aime beaucoup : le chapeau dont il se coiffe avant de sortir, la révérence qu'il lui adresse lorsqu'elle lui tend sa canne.

« Je n'imaginais pas atteindre soixante-dix ans, dit-il comme pour lui-même.

– Grâce à Dieu ! » s'écria Iréna.

Ernest n'aime pas cette religiosité affichée, mais il ne lui en fit pas la remarque.

« Soixante-dix ans est un âge agréable, ajouta-t-elle curieusement.

– Bah, où est la différence ? On est seulement plus faible, et la mémoire vous trahit plus souvent. »

Iréna n'est pas d'accord avec lui. Ernest a l'esprit affûté, il lit, écrit, et lorsqu'il se promène il se tient droit, sa démarche n'échappe à personne.

« Soixante-dix ans est un âge agréable, dis-tu. »

Elle sursauta : « Est-ce que je me trompe ?

– Bien sûr que tu te trompes. »

Iréna savait que « se tromper » ne signifiait pas toujours un désaccord. Parfois, il en émanait un acquiescement sous-entendu, mêlé d'une légère provocation.

Le jour touchait à sa fin. Iréna rangea la cuisine, dressa la table pour le dîner, enfila son manteau et souhaita à Ernest une bonne nuit.

Le chemin pour rentrer chez elle n'est pas bien long. Elle habite le quartier de Qatamon Hayeshana, à vingt minutes à pied de la maison d'Ernest. Il n'y a pas si longtemps, sa vie était dispersée, les jours agités et sans but. Il lui arrivait de se trouver dans la rue et de se demander si elle continuerait la promenade ou rentrerait à la maison. Elle marche lentement, légèrement fatiguée, mais remplie des mots et des sons dont elle s'est imprégnée durant la journée.

L'appartement d'Iréna compte trois pièces, une cuisine et un balcon. C'est ici qu'elle a grandi, et ici que ses parents sont morts. Après leur mort, elle a honoré leur souvenir en inventant de petites cérémonies. Depuis qu'elle travaille chez Ernest, les cérémonies se font plus rares, mais elle se rend toujours au cimetière pour leurs anniversaires de naissance et de décès. Le shabbat et les jours de fête, elle range la maison exactement comme le faisait sa mère. La plupart de ses pensées sont désormais pour Ernest. Parfois, lorsque ses angoisses sont trop fortes, elle retourne le voir à la tombée de la nuit. Elle lui sert un verre de thé ou lui épluche une pomme. Depuis qu'elle travaille chez Ernest, elle ne va plus au centre-ville. Elle ne sort plus de chez elle, même pour de courtes promenades.

2

Il la surprit de nouveau le lendemain :

« Tu es née en Israël, n'est-ce pas ?

– Non. Je suis née à la Libération, dans un camp de personnes déplacées, près de Francfort.

– C'est étrange, j'étais sûr que tu étais née ici.

– Je n'ai aucun souvenir de là-bas », dit-elle en le regrettant aussitôt.

Ses parents avaient soigneusement entretenu le souvenir du camp, si bien qu'il lui semblait en connaître les moindres détails. Ils s'étaient rencontrés là-bas. Sa mère tomba enceinte mais ce n'est qu'au sixième mois de sa grossesse qu'ils furent mariés par un rabbin de l'armée américaine. C'était ce que sa mère lui avait révélé vers la fin de sa vie. Toujours est-il que ce camp près de Francfort était gravé dans son imaginaire, et qu'il lui arrivait d'en rêver. Pardon, je me souviens, faillit-elle se reprendre, mais elle comprit aussitôt que ce serait stupide.

Ernest était de bonne humeur ce matin-là. Il lisait le journal et s'amusait d'un entrepreneur qui se faisait passer pour un honnête homme. « Exactement comme avant la guerre. On dit que la vie ne se répète pas. C'est faux, elle se répète. » Ernest lit les journaux et se tient au fait de ce qui se passe dans le pays. Il y a cinq ans, il a divorcé de sa seconde femme et quitté son travail. Il évoque peu cette seconde femme, partie à Vienne. Seule une remarque sarcastique lui échappe de temps à autre.

Iréna ne pose pas de questions, mais les petits troubles qu'elle remarque chez Ernest au fil de la journée s'infiltrent dans son âme. Les rares propos d'Ernest sont parfois aussi tranchants qu'un scalpel. Au début, elle pensait qu'il était avocat, et son esprit vif l'effrayait. À présent elle sait qu'il s'agit d'une discipline acquise ces trois dernières années. Il écrit trois heures le matin, et deux ou trois heures la nuit. Hormis cela, deux promenades : une le matin pour aller au café et une autre la nuit, qu'il appelle « une marche ». Cette discipline, ou peu importe le nom qu'on lui donne, confère à son comportement une vivacité qui peut se muer en impatience. Mais ce n'est jamais dirigé contre elle.

À neuf heures, Ernest sort pour aller au café. Il y reste une heure et demie, parfois deux. La plupart des consommateurs lui sont inconnus, mais il ne se sent pas seul. Depuis l'arrivée d'Iréna, sa vie n'est plus la même. La cuisine, où régnait un complet désordre, est désormais étincelante et rangée. Le salon est éclairé et même la bibliothèque, son domaine le plus intime, a changé. Ernest aime rester à la maison, et lorsqu'il sort, il est impatient d'y retourner.

À vrai dire, lorsqu'il l'avait vue pour la première fois, elle ne lui avait pas plu : une femme petite, à l'élocution hésitante. Quelques jours plus tard, il avait remarqué ses manières agréables, son visage avenant, et même trouvé du charme à son bégaiement. Depuis qu'elle était là, il se levait tôt, se rasait, s'habillait et s'installait à son bureau. À huit heures précises, Iréna arrivait et lui préparait le petit déjeuner. Elle lui servait des portions raisonnables, à la bonne température. Plus d'une fois il lui avait proposé de se joindre à lui, mais elle avait toujours refusé. Elle attendait qu'il quitte la maison pour se préparer un café.

Toute sa vie, jusqu'à ce qu'elle travaille chez lui, il y avait eu ses parents. Son père était électricien et sa mère tenait la maison. À plusieurs reprises Iréna avait voulu quitter la maison de ses parents, mais en fin de compte elle n'en avait rien fait. Son corps trapu et sa timidité la desservaient. Sa mère instillait dans son cœur tout l'amour dont elle était capable. Après sa mort, le père devint aussi mère. Après la mort du père, elle avait gardé la maison pour entretenir leur souvenir. Le shabbat et les jours de fête, elle dressait la table, allumait les bougies, s'asseyait à sa place et s'imaginait qu'ils étaient près d'elle. Elle ne modifia rien dans la maison. Ce qui était figé le fut plus encore.

Elle travailla un temps dans un hospice. Les vieux l'appréciaient et l'appelaient par des petits noms, mais certaines vieilles la brutalisaient, la surnommaient « la muette » et l'humiliaient. Un jour, une vieille lui jeta une assiette à la figure et elle décida de partir.

Fort heureusement, elle n'avait pas de mal à subvenir à ses besoins. Outre l'appartement, ses parents lui avaient légué leurs économies et les réparations allemandes. À vrai dire, elle aurait pu se passer d'un emploi, mais les visions l'auraient envahie, lui auraient donné le vertige et, pour finir, l'auraient chassée de la maison.

Plusieurs années auparavant, ses parents avaient tenté de lui trouver un mari. Les prétendants étaient tous bien plus âgés qu'elle, petits, charnels. Iréna était si troublée qu'elle ne levait même pas la tête. Ils avaient cessé de la tourmenter. Après la mort de ses parents un voisin l'avait poursuivie de ses avances, la sollicitant dès qu'elle montait les escaliers. Une fois, il s'était jeté sur elle alors qu'elle était sur le pas de la porte et il lui avait arraché sa robe. Elle était restée enfermée plusieurs jours durant.

Ainsi passèrent les années. Elle rangeait la maison exactement comme le faisaient ses parents de leur vivant. La pensée qu'elle conservait intacts la maison, la cuisine et ses ustensiles, le salon, le grand lit dans la chambre des parents, sa chambre – cette pensée renforçait leur présence en ce monde. Elle voyait ses parents, là, mais aussi dans leur shtetl, en Galicie, où s'envolait son imagination.

Une fois, sa mère lui avait rendu visite en rêve. Son conseil était le même que lorsqu'elle était en vie. Tu dois sortir de la maison, ma chérie, tu es encore jeune, la vie est devant toi, si ce n'est maintenant, alors quand ? Iréna avait voulu lui parler de cet homme brutal qui l'avait agressée, mais devant sa mère les mots lui avaient manqué. Le lendemain, au réveil, elle s'était désolée de l'indifférence de sa mère face à la maison si bien rangée, dans l'état où elle l'avait laissée. Elle en avait pleuré de douleur.

Elle restait cloîtrée la majeure partie de la journée, comme si ce n'était pas une maison mais un lieu de prière dans lequel on ne change rien et que l'on entretient minutieusement. Elle avait redoublé d'attentions, obstrué les fenêtres, afin que le soleil n'abîme pas les meubles. La pénombre était agréable en été. En hiver elle relevait les stores, mais jamais aussi haut que sa mère. Sa mère ouvrait les fenêtres le matin avec énergie. Iréna n'avait pas hérité de ses gestes énergiques.

3

À midi et demi, Ernest rentre de son périple et rapporte tout ce qu'il a glané au café et dans la rue. Son pas est lourd, et l'expression de son visage concentrée. Il devrait s'asseoir à son bureau et coucher ses pensées sur le papier. Ernest est trop ému. Il préfère s'asseoir dans le fauteuil et attendre qu'Iréna lui dise que le déjeuner est prêt.

Cette fois, les choses étaient différentes : il tenait une lettre et annonça immédiatement : « Mon ex-femme m'écrit. Qu'écrit-elle ? » Il y avait dans sa voix un mélange de supériorité et de mépris. Il posa la lettre sur la table sans l'ouvrir. Ernest a plusieurs façons d'exprimer sa réserve. Poser une lettre sur la table sans l'ouvrir en est une. « Mon ex-femme m'écrit », répéta-t-il, en sachant que ses paroles ne rencontreraient aucune réaction.

Iréna avait remarqué qu'il n'y avait aucune trace de cette femme dans la maison, tandis que le souvenir de sa première épouse était présent dans plusieurs endroits telle la photo de famille posée sur l'étagère : Ernest en short, sa femme serrant un bébé contre elle. Iréna regarde parfois longuement cette photo. Il lui semble qu'elle les a rencontrés, il y a très longtemps. Dans un de ses rêves, sa femme et leur fille étaient venues lui rendre visite et elle leur avait préparé un repas de fête.

Ernest acheva son déjeuner et s'installa dans le fauteuil. À cette heure-ci, il aime lire des revues ou faire une sieste. Iréna ralentit son activité pour limiter le bruit. Lorsque Ernest dort, son visage rajeunit et une lumière semble éclairer son front.

Ernest émergea de sa somnolence :

« Il est trois heures et demie et tu travailles encore. »

Un instant, elle pensa qu'elle le dérangeait. Elle déposa le linge dans le panier en osier, sans le plier, et se dirigea vers la porte.

« Tu ne veux pas un verre de thé ? demanda-t-il en tournant son visage vers elle.

– J'en boirai à la maison », répondit-elle en s'éclipsant.

La lettre le tracassait. Ils avaient été mariés cinq ans mais leur vie commune n'avait jamais été heureuse. C'était une femme érudite, ancienne communiste, qui avait des opinions arrêtées sur tout. Ses avis ne manquaient pas de sens mais sa façon de les dire le mettait hors de lui. Dès qu'il entendait une de ses tirades, il baissait la tête ou détournait le visage, mais rien n'y faisait. Elle restait sur ses positions. La maison ne ressemblait pas à une maison et il se préparait ses repas. L'attitude qu'elle avait par rapport à son activité était des plus humiliantes : au fond d'elle, elle le méprisait, car on n'a pas à écrire pour des tiroirs. Si on ne peut pas publier, on n'écrit pas. Chacune de ses paroles, chacun de ses mouvements le faisait sortir de ses gonds.

C'était une belle femme mais ses pensées juraient avec sa beauté. Elle ne visait qu'un but : l'efficacité. Une chose non efficace n'a pas lieu d'être. Elle avait passé la guerre en Sibérie, où elle s'était imprégnée du froid et du mépris envers les Juifs, et lorsqu'elle était arrivée ici, rien n'avait trouvé grâce à ses yeux : ni le lieu, ni les gens. Ernest s'était opposé à elle durant cinq ans. En fin de compte, ils s'étaient séparés. Les jours qui avaient suivi avaient été des jours d'un bilan amer pour Ernest.

Iréna parcourt le chemin jusque chez elle lentement, presque machinalement. En général elle ne rumine pas ses pensées. Si un paysage s'offre à elle, elle l'observe et le grave en elle. La plupart du temps, l'image revient et réapparaît en rêve. Parfois un mot lui trotte en tête et résonne longtemps dans ses oreilles, pour s'en aller ensuite comme il est venu. Mais aujourd'hui, l'image du retour d'Ernest ne quittait pas ses pensées. La façon dont il était entré et avait déposé la lettre sur la table. Le visage crispé, comme si des sons anciens qui l'avaient laissé en paix l'assaillaient de nouveau ; et lorsqu'il s'était assis dans le fauteuil, l'amertume n'avait pas disparu de ses lèvres.

Tandis qu'elle se représentait le visage tendu d'Ernest, elle aussi fut assaillie par la grande et froide Sylvia, celle qui ne ratait pas une occasion de désespérer Ernest, et qui à présent encore tentait d'insinuer en lui son venin à travers ses lettres. Serpent, fut-elle sur le point de dire, mais elle n'avait jamais utilisé ce mot et le ravala.

Iréna rentra chez elle alors que les derniers rayons du soleil s'infiltraient par les volets, et elle se mit immédiatement à ranger l'armoire des parents. Les vêtements y sont pliés comme ils l'ont toujours été. Elle les sort avec précaution, les secoue et les remet à leur place. Elle accomplit ces gestes une fois par mois afin de participer à leur vie inerte. Ils ont perdu leur odeur, mais pas leur aspect. Sa mère, debout près de l'armoire, l'encourageait à aller au bal, à sortir avec des amis. De ces exhortations rien ne s'ensuivait. Elle accompagnait au cinéma son père et parfois sa mère. Son père était un bel homme et elle aimait sortir avec lui.

Quand elle eut rangé les étagères, elle ouvrit le paquet de photos. La plupart d'entre elles étaient de la maison, de Zaltchov. Ils se prenaient peu en photo en Israël. Iréna connaissait les clichés par cœur, et pourtant une découverte l'attendait : sa mère, jeune, enlacée par deux garçons robustes. Derrière la photo il était écrit : « La section de l'Hashomer Hatsaïr à Zaltchov. » Une fois, Ernest lui avait posé une question sur ses parents. Elle avait sursauté et avait dit : « Ils sont toujours avec moi.

– Comment ? s'était-il étonné.

– Je n'ai rien changé dans la maison.

– Tout est comme avant ?

– Tout, oui. »

Cela l'avait laissé perplexe, mais il avait cessé de lui poser des questions.

4

La pluie tomba durant la nuit et Ernest se découragea. Il est difficile de savoir pourquoi. Apparemment, il avait écrit pendant plusieurs heures. Il avait écrit et effacé, puis finalement déchiré les feuilles pour les jeter à la poubelle. Iréna servit le petit déjeuner et Ernest s'installa pour manger. Iréna avait remarqué que, ces dernières semaines, il luttait contre la mélancolie. Le tour matinal au café était une ruse parmi d'autres pour échapper à son farouche ennemi.

L'écriture est le domaine secret d'Ernest. Il n'en raconte rien et Iréna ne pose pas de questions, mais elle sent qu'il s'agit d'un violent champ de bataille. Parfois, elle le trouve le matin près du bureau, épuisé et livide. Et dans la journée, lorsqu'il se retire dans son coin, on peut lire la même concentration sur son visage que s'il voulait à tout prix aiguiser une épée qui s'y refuse. Tantôt des démons malins l'assaillent, contre lesquels il se bat. Tantôt lors de ses visites le soir, ils s'enfuient comme de méchants rats.

Ernest sortit effectivement pour se rendre au café, et à son retour il avait l'air détendu. Sur le chemin de la maison, il avait rencontré l'une de ses connaissances, plus jeune que lui. Rien n'avait changé dans la société d'investissement dans laquelle il avait travaillé naguère, quelques-uns étaient partis à la retraite mais la plupart occupaient les mêmes bureaux. La pensée que vingt ans de sa vie s'étaient écoulés là-bas l'attrista, mais la joie de ne plus y être l'emporta sur la tristesse.

« Je suis libre », annonça-t-il en rentrant. Iréna ne comprit pas le sens de sa joie et demanda : « Que s'est-il passé ?

– Je ne travaille plus dans la société d'investissement Manfeld & Co. Je travaille dans mon entreprise. Mon entreprise n'est pas reluisante et ne promet pas monts et merveilles mais elle est à moi, n'est-ce pas ? »

Iréna se réjouit, car elle comprit que la mélancolie le laissait en paix.

L'après-midi, Ernest s'assit dans le fauteuil et lut attentivement. Lorsqu'elle fut sur le point de partir, il réclama un verre de cognac. Elle le lui servit et Ernest l'avala d'un trait. Depuis qu'elle lui servait un verre de cognac, elle avait appris à apprécier la brûlure de cette eau-de-vie. Il lui arrivait, de retour chez elle, de s'en servir un verre. Au début la tête lui tournait, mais à présent ses yeux se dessillaient, elle donnait libre cours à ses divagations, elle s'installait à la table et voyait tout ce qui lui était arrivé pendant la journée.

Parfois, après un verre, son père et sa mère lui apparaissaient et s'asseyaient près d'elle. Elle leur parlait d'Ernest et ils écoutaient sans émettre la moindre remarque ou opinion. Depuis qu'elle travaillait chez Ernest, elle avait noté qu'ils ne lui donnaient plus de conseils, ils écoutaient, apparemment satisfaits de ce qu'elle leur racontait.

Il y a un an, un soir pluvieux, elle s'était rendue chez Ernest et l'avait trouvé ivre. Il mélangeait les langues et l'appelait Ida. Iréna avait pris peur et demandé, tant sa frayeur était grande, « Qu'as-tu fait ? », comme si elle ne s'adressait pas à Ernest mais à un adolescent égaré. Sa question étrange l'avait fait rire et il avait dit : « Qu'ai-je fait ? J'ai fait beaucoup. J'ai écrit trois livres et je les ai déchirés. N'est-ce pas beaucoup ? J'ai sauvé le monde de trois livres médiocres.

– Pardon », avait dit Iréna en se retirant.

Il lui avait lancé un regard sévère.

« De quoi t'excuses-tu ?

– Pardon, avait-elle répété.

– Ma chère, tu n'es coupable de rien. Tout est ma faute », avait-il dit en se frappant la poitrine.

Depuis cet échange troublant, le visage tourmenté d'Ernest surgissait dans sa mémoire dès qu'elle buvait un verre, et la crainte qu'il ne se soûle et tombe l'étreignait. Parfois, lorsqu'elle le trouvait ivre, il avouait : « J'ai bu cette nuit un verre de trop. Que faire ? Je voulais surmonter cela, mais je n'ai pas pu. »

Chaque mois, si sa santé le lui permet, il se rend à Tel-Aviv. Il y reste quelques heures et revient. Naguère, elle l'a soupçonné d'y avoir une amante. Il s'est avéré qu'il va effectivement voir une femme. Elle s'appelle Tony, ils ont étudié ensemble au lycée, et depuis des années elle est clouée à une chaise roulante.

« Tony a écrit un livre important », lui confia-t-il.

Les mots lui échappèrent :

« Sur quoi ?

– Le romantisme allemand. »

Les sujets abstraits sont pour elle hors d'atteinte. Parfois un invité pénètre dans la maison et parle avec Ernest dans une langue qu'Iréna ne comprend pas. Elle réalise alors qu'Ernest maîtrise des domaines auxquels elle n'a pas accès. Pourtant, elle en perçoit quelque chose. Elle a saisi de l'une de ces conversations qu'il a fait ses premiers pas en écriture dans sa ville natale, Czernowitz. Il y a publié quelques poèmes en allemand. Il les mentionne de temps à autre, sans fierté. Il les appelle des « erreurs de jeunesse ».

Puis des années à être ballotté, les errances d'un pays à l'autre et, pour finir, l'ancrage à Jérusalem. De longues années il a tenté de reconstituer sa vie, mais écrire une histoire, semble-t-il, n'est pas une bagatelle. Tantôt le

« quoi » est un obstacle, tantôt le « comment », et, le plus souvent, les deux vous font échouer ensemble. Cependant, il est des jours où l'écriture est fluide, un mot se lie à un autre, une expression à une autre, et un passage acceptable surgit enfin. C'est un miracle, et des miracles de cet ordre n'ont pas toujours lieu.

5

L'hiver s'annonce. Le livre qu'il désire écrire devient complexe. Il efface des mots sans pitié, des expressions et des descriptions, et malgré cela les pages ne semblent pas sarclées. Chaque nuit est une nouvelle déception. Ernest sait que personne ne lira son manuscrit et que, s'il l'envoie à une maison d'édition, on le lui retournera. Pourtant il continue et choisit chaque mot, chaque expression. Les années n'ont rien ôté à son sens critique. Il arrive qu'un mot mal choisi le torture la nuit. Les mots anciens, les mots-impasses sont ses ennemis, et il se bat contre eux jusqu'au bout.

Après une nuit de lutte sa mélancolie s'accentue et il devient taciturne.

« Que dois-je préparer, un gâteau au fromage ou une tarte aux pommes ? demande Iréna, afin de le distraire.

– Cela n'a aucune importance. »

Lorsque Ernest dit « Cela n'a aucune importance », c'est que sa mélancolie le tenaille. Cette situation incite Iréna à agir. Elle s'active en tous sens. Elle cuisine, prépare des mets nouveaux, en espérant que l'un d'eux lui sera agréable.

Un jour, il lui avait dit : « La nuit dernière, j'ai rêvé de la ville où je suis né.

– Tu étais heureux ?

– C'était ma ville, mais tout y était ordonné différemment. Des maisons de Herengasse avaient glissé vers Lezibenbirgerstrasse. Le jardin municipal avait été déplacé devant la mairie. J'ai dit: "On peut remettre chaque chose à sa place", tout en me rendant compte que ce qui a été déraciné ne peut exister de nouveau.»

Elle l'avait entendu parler plus d'une fois de sa ville natale. Jamais en se languissant d'elle, ni avec nostalgie. Ses parents évoquaient Zaltchov avec un amour manifeste, contrairement à Ernest. Chaque fois que le nom de sa ville lui était rappelé, son visage exprimait une douleur intense, comme s'il s'agissait d'un secret impossible à effacer.

Des années durant il avait tenté d'écrire, mais chaque fois qu'il s'installait pour le faire, un mur se dressait entre lui et les lettres. Elles se dérobaient mais il ne désarmait pas. Même dans les plus sombres périodes, il écrivait des phrases et des moitiés de phrases sur des bouts de papier qu'il fourrait dans un sac en plastique. De temps à autre, il en piochait un qui contenait presque toujours des considérations moqueuses sur lui-même, une critique de sa faiblesse, des réflexions sur l'aveuglement et les superstitions, mais rien sur ses parents, ni sur ses grands-parents, qui l'avaient entouré durant son enfance et le début de son adolescence.

De longues années, la nuit, il avait espéré des mots nouveaux, et ceux-ci, comme un fait exprès, n'avaient pas d'existence. Lorsqu'ils apparaissaient, et qu'il se sentait coupable de les utiliser, son travail dans la société d'investissement occupait tout son temps. Sa femme concluait méchamment: «On n'écrit pas pour des tiroirs. Si on ne publie pas, mieux vaut s'arrêter.»

Le téléphone sonna. Iréna s'approcha d'Ernest et lui murmura à l'oreille que Sylvia Gross était au bout du fil.

«Je ne souhaite pas lui parler, maugréa-t-il.

– Ernest ne peut pas vous parler, tenta-t-elle pour adoucir sa réponse.

– Lui avez-vous dit qui le demandait ?
– Oui.
– Dites-lui qu'il est odieux. »
Évidemment, elle ne le lui répéta pas.
« Je ne veux pas la voir. Si elle vient ici, ne la laisse pas entrer. »

Iréna fut enchantée par l'agressivité de sa réaction. Il lui sembla un instant que les mauvais esprits qui l'entouraient depuis quelques jours le laissaient en paix. Les esprits s'étaient calmés, il est vrai, mais pas les maux de dos. Iréna étala une crème sur son dos. La crème ayant apaisé ses douleurs, il put quitter son lit et s'asseoir à son bureau.

Depuis l'arrivée de l'hiver, la vie d'Iréna est peu remplie et toutes ses pensées sont tournées vers Ernest. Même chez elle, au milieu des objets qui l'ont vue grandir, elle pense à lui. Parfois elle lui téléphone pour savoir si le dîner était bon, ou s'il souhaite qu'elle lui apporte quelque chose avec les brioches du matin. S'il le lui demandait, elle serait prête à rester auprès de lui même la nuit. Mais elle sait qu'Ernest doit être seul, pour écrire et lutter. Cette lutte l'affaiblit pourtant énormément, et le rend en général mélancolique, mais, au bout du compte, elle le fait vivre. Un matin il lui avait dit : « La nuit dernière j'ai écrit un chapitre dont je suis satisfait. » Son visage était exténué mais dans ses yeux brillait un éclat victorieux.

Ernest est grand et résistant, son combat aussi. Iréna compare sa lutte à la torsion d'une barre de fer. Lorsqu'il se repose dans un fauteuil en lisant son manuscrit, elle voudrait se mettre à genoux, tenir sa main entre les siennes et lui dire : Je suis si heureuse que tu me permettes de te servir.

Un jour, il lui avait fait cette remarque : « Tu n'es pas une domestique.

– Tu ne me permets pas de te servir, avait-elle répondu, effrayée.

– Nous sommes amis, et des amis ne sont pas l'un au service de l'autre. »

Elle pensa longuement à ces mots. Elle y pensa tant et si bien qu'il lui sembla qu'il s'était moqué d'elle.

6

Vinrent des jours tranquilles. Chaque matin, Ernest allait au café. Iréna faisait son travail consciencieusement, sans zèle superflu, comme si elle était dirigée par un guide intérieur. Au début il avait pensé qu'elle ne parlait pas à cause d'un déficit de mots. Elle avait arrêté ses études en seconde. Après, elle avait aidé sa mère à la maison, et ce n'était qu'à dix-huit ans qu'elle avait commencé une école d'infirmières auxiliaires. Les suppositions d'Ernest se révélèrent en partie inexactes. Certes, Iréna ne parle pas beaucoup, mais le peu qui sort de sa bouche vient d'elle, du plus profond de son être, ses propos ont un sens et un charme discret. Et il a remarqué encore ceci : ses gestes sont rapides, mais ni nerveux ni tourmentés. Elle s'occupe des objets avec délicatesse, jamais avec mollesse.

« Tes parents étaient fidèles à la tradition ? demanda-t-il incidemment.

– Oui, dit-elle, surprise par la question.

– Et toi aussi, tu es fidèle à la tradition.

– Je me conduis comme le faisait ma mère », dit-elle simplement.

Ernest voulait continuer à la questionner mais il y renonça en constatant son trouble.

Puis il se hasarda : « Tes parents ont toujours été traditionalistes ?

– Dans leur jeunesse, ils étaient dans une section de l'Hashomer Hatsaïr, dit-elle en rougissant.

– Quand sont-ils revenus à un mode de vie traditionnel ?

– Après la guerre. »

C'est étrange, pensa Ernest, justement après la guerre.

Dans la nuit, après avoir bu un verre, il perçut que ses questions avaient été indiscrètes et grossières. Iréna lui avait répondu car il était son patron, or même un patron est tenu à la politesse. S'il n'avait pas été si tard, il l'aurait appelée pour s'excuser.

« Pardon, dit-il, en la voyant le lendemain matin.

– De quoi ?

– Des questions que j'ai posées.

– Elles ne m'ont pas blessée.

– Mais moi, j'ai été blessé par mon attitude. »

Iréna n'observe pas tous les commandements religieux, seulement ceux que sa mère observait. Le vendredi soir, elle pose deux pains sur la table et allume des bougies. La vue des bougies réveille sa mémoire et elle voit sa mère, et aussi son grand-père et sa grand-mère, qu'elle n'a pas connus. Le jour de Kippour, elle jeûne mais ne va pas à la synagogue.

Elle ne prononce pas de bénédiction sur les aliments, sauf sur un fruit nouveau. Son père, à la fin de Kippour, construisait une cabane sur le balcon, pour la fête de Souccoth. Depuis la mort des parents, elle n'a plus de cabane, mais elle pense à celle que construisait son père.

Dès l'enfance elle avait eu la capacité de voir loin, de se représenter des lieux et des gens qu'elle n'avait jamais vus. Sa mère avait peur de ce don et lui disait : « Il ne faut pas imaginer. Celui qui imagine finit comme un menteur. » Lorsqu'elle disait, par exemple, « Je vois Grand-père », sa mère lui coupait la parole et la reprenait : « Tu ne vois pas. Il te semble que tu vois. Les Allemands ont assassiné Grand-père. » Les remarques avaient obstrué ses visions, mais depuis qu'elle travaillait chez Ernest, ce pouvoir lui était revenu. Elle était assise dans sa maison et voyait son grand-père et sa grand-mère, tels qu'ils vivaient avant la guerre, avant qu'on les assassine.

Ces derniers temps, il observe Iréna sous toutes les coutures. C'est une femme comme les autres et malgré tout différente. Sa différence n'est pas visible à l'œil nu. Parfois elle a l'air d'une femme qui sait écouter, mais la plupart du temps elle est renfermée. Parfois il surprend un sourire sur son visage, comme si elle embrassait un secret. Parfois elle dit « Grâce à Dieu ». Lorsqu'elle dit « Grâce à Dieu », Ernest veut la reprendre, et lui signifier que ce n'est pas bien d'afficher sa foi ainsi, que la foi doit être dissimulée, mais évidemment il ne le lui dit pas. Pourtant, un jour, dans un moment de profonde mélancolie, il n'avait pu se retenir : « Pourquoi dis-tu "Grâce à Dieu" ? Tout ce que Dieu fait, s'il fait quoi que ce soit, n'est pas forcément digne de gratitude. Il est interdit de justifier ses actes cruels. Dis merci pour le Bon et le Beau, mais pas pour le Laid et le Sale. » Iréna avait pris peur et était partie.

Lorsque la mélancolie l'étreint, Ernest se tait presque toujours, sauf lorsque la parole le submerge. Il parle alors avec fureur de la laideur et de la cruauté qui assombrissent le ciel et engendrent le désespoir. Iréna sait que ces propos ne lui sont pas adressés, et pourtant il lui semble qu'ils sont en partie dirigés contre elle, et elle se sent malheureuse et coupable.

Dans le secret de son cœur, elle aime sa fureur. Elle le fortifie, d'une certaine façon. Une fois il avait dit à voix haute : « Dans ma jeunesse, on a arraché de moi l'amour. » Elle n'avait pas compris la phrase et n'avait pas posé de questions. Mais une nuit elle comprit et dit : « Je te donnerai tout l'amour que j'ai amassé en moi. »

7

Étrangement, il ne voyait presque jamais ses parents. Il avait vécu dix-sept ans auprès d'eux, mais le dessin de leur visage s'était comme assombri et brouillé. C'étaient des gens repliés sur eux-mêmes, peu bavards. Il arrivait que son père se mette en colère, et sa mère s'empressait de satisfaire ses volontés. Ernest avait toujours souffert de leur silence : il ressemblait à une colère enfouie, voire à une chute dans une épaisse obscurité. Ils partaient à l'aube pour l'épicerie et rentraient à la maison une fois la nuit tombée. Ils étaient plus à l'aise à l'épicerie qu'à la maison.

Lorsqu'il commença à aller à l'école, la barrière qui les séparait s'éleva encore. Sa mère s'occupait des cahiers, des livres et des fournitures nécessaires, mais ne lui adressait quasiment pas la parole. À neuf ans, il s'absorba de plus en plus dans la lecture. Il s'y absorbait si profondément que rien de ce qui l'entourait ne semblait le concerner. Il lisait en allemand, en roumain et, avec le temps, en français. Sa passion pour les langues et la littérature était sans limites.

Ses professeurs l'estimaient ; les élèves, moins. Au fond d'eux-mêmes ils savaient que, quoi qu'ils fassent, il serait meilleur qu'eux. Si un professeur demandait un synonyme en allemand, il en proposait immédiatement trois ou quatre. Son accent français était irréprochable. Ses parents étaient fiers de ses bulletins de notes, mais ils ne savaient pas l'exprimer. Ils étaient prisonniers de leur mutisme, comme si leur langue avait été nouée dans leur bouche.

À la maison, ils avaient conservé quelques rites religieux mais ils les accomplissaient sans vie, sans joie. À l'approche du vendredi soir, la mère nettoyait et rangeait la maison, et pour les fêtes le nettoyage était plus minutieux. C'étaient des préparatifs pour un jour où personne ne savait que faire.

Le père s'allongeait sur le canapé et lisait le journal. Quelquefois, il allait à la synagogue et il lui arrivait de traîner Ernest avec lui. À leur retour, la mère les accueillait sans un mot.

Dans ces années-là, en somme, il n'avait absolument pas besoin de ses parents. Les livres étaient ses meilleurs amis. Ouvrir un livre et plonger dans ses pages jaunies, se fondre dans l'intrigue, était la vraie vie. Parfois la mère sortait de son mutisme et demandait du bout des lèvres : « Que lis-tu ? » Ernest ne prenait pas la peine de répondre.

Dans d'autres maisons où il avait l'occasion d'aller, on parlait, on se disputait, ou même on criait. Chez lui tout se déroulait dans une atmosphère glaciale. Une fois, son père avait rompu son silence, s'était tourné vers lui et avait demandé : « Vous étudiez l'histoire ? » Ernest avait été stupéfié par sa question et avait répondu : « Bien sûr, la Révolution française.

– Au village, on n'apprenait pas l'histoire », avait dit son père en souriant.

L'épicerie dévorait tout son être. Cela se voyait à la façon qu'il avait de poser les mains sur la table ou de s'asseoir sur une chaise. La plupart du temps il s'allongeait sur le canapé. C'était son siège favori au retour de l'épicerie et aussi le shabbat et les jours de fête. Cette passivité mettait Ernest hors de lui. Plus d'une fois il avait failli se lever et crier : On étouffe, ici !

Il était étranger dans sa maison et ce qui l'entourait ne semblait pas lui appartenir. S'il ne s'était rendu à la bibliothèque et n'avait dévoré des livres, ces années de sa vie auraient été un désert aride. Il puisait sa joie à l'école. En classe, il était toujours premier. Ses résultats suscitaient de l'étonnement, de l'admiration, et aussi, bien sûr, de la jalousie. En troisième il avait commencé à montrer une certaine arrogance. Il n'exprimait jamais ce sentiment ouvertement, mais tout son comportement disait : N'essayez pas de me rattraper, je suis déjà le meilleur. Avec le temps il rapporta cette suffisance à la maison. La maison lui semblait sombre et moisie, et pleine d'une ignorance résignée. Sa colère éclatait parfois, comme pour ôter le poids de ses épaules, mais ce n'était qu'un coup d'épée dans l'eau.

Ses parents n'exigeaient rien de lui. Au contraire même, comme ils disaient : « Tu en fais trop. Pourquoi ne t'assiérais-tu pas auprès de nous en silence ? Tu vas finir par t'esquinter la santé. » Et ces phrases, même lorsqu'elles n'étaient pas prononcées, le faisaient sortir de ses gonds.

Plus tard, loin de la maison, il comprit que c'étaient l'arrachement aux Carpates et l'installation en ville qui les avaient rendus muets. Seul le souvenir de leurs parents dans les montagnes pouvait éclairer leur visage d'un léger sourire de contentement, mais la plupart du temps ils étaient prostrés. Plus d'une fois il sentit qu'ils l'entraînaient vers l'abîme. Il fuyait la maison et s'asseyait dans la cour. Même là, la sensation d'étouffement ne cessait pas. Il s'éloignait vers le fleuve. Il ne parvenait à calmer son esprit qu'en jouant au football sur la rive.

Le père émergeait parfois de sa mélancolie pour dire : « Ernest. »

Ernest avait un mouvement de recul, s'écartait un peu et demandait : « Que me veux-tu ? » La réponse ne tardait pas : « Rien. »

Ou, comme s'il venait tout juste de s'en souvenir, le père disait : « J'ai rencontré le professeur de français. Il est très content de toi. Lorsque j'étais à l'école, on n'enseignait pas le français. Nous étions deux Juifs dans une classe de quarante fils de paysans. » Il était difficile de savoir s'il exprimait un regret ou dissimulait une jalousie.

Ernest surprit de nouveau Iréna : « Iréna, de quoi parlait-on chez toi, à la maison ?

– De tout », répondit-elle, sans comprendre que la question était chargée de lourds sous-entendus.

Il fut tenté un instant de la faire pénétrer dans son labyrinthe intérieur mais il y renonça. Cette nuit-là, il écrivit. Beaucoup. Vers le matin, une vérité émergea des lettres griffonnées, une vérité simple, enfouie dans son âme depuis de longues années : le silence de ses parents. À présent, il était obligé de reconnaître qu'il y avait quelque chose de noble dans ce silence. Ils ne se plaignaient pas et n'accusaient personne. Comme ils le disaient, et le répétaient, et le répétaient encore : « Tout est en nous et procède de nous. Le lien avec la foi de nos parents s'est rompu lorsque nous avons quitté le village. En quittant le village, nous étions sûrs que c'était ce qu'il y avait de mieux à faire. C'était notre destinée, et la faute de personne. Il y a certainement lieu d'examiner sa conscience mais pas de se plaindre. Nos parents nous ont transmis tous les secrets de la foi, mais nous avons été incapables de les suivre sur ce chemin. »

8

Ernest pense de nouveau au charme d'Iréna. Parfois il lui semble qu'elle porte en elle la sérénité de la foi. Et en effet, elle a les manières d'une personne croyante. Elle ne se plaint pas, n'accuse personne, trouve le bon côté de ses semblables et rend grâce à Dieu fréquemment. Au début cette attitude le mettait mal à l'aise, mais il avait compris peu à peu que celle-ci n'induisait ni prosélytisme ni hypocrisie. Il y a comme une harmonie entre ses paroles et ses actes. Cependant, il lui semble qu'elle ne vit pas selon la tradition de ses ancêtres mais qu'elle est entièrement plongée dans une réflexion sur ce qui lui est arrivé, ce qui est arrivé à ses parents et à ses grands-parents qu'elle n'a jamais vus. La plupart du temps, son visage exprime ce qu'elle est en train de faire. Elle ne manque pas de travail et ne perd pas un instant. La maison et les ustensiles étincellent. Quand chaque chose est à sa place, elle s'installe dans la cuisine pour saler des concombres ou faire sécher des fruits. Lorsqu'elle travaille, et elle passe le plus clair de son temps à travailler, Ernest a l'impression que le soin et l'ordre sont tout son être.

Un soir il la surprit en lui révélant qu'il écrivait sur son enfance. Elle ouvrit des yeux immenses, avide d'en savoir plus. Ernest était sur le point de lui parler de certaines des sensations qui le traversaient, mais en fin de compte il y renonça. Il lui était difficile de parler de son enfance et de son adolescence. Elles n'avaient pas été uniquement une accumulation de manies, et il devait reconnaître qu'il avait eu de nombreux moments de joie, surtout à l'école. Mais la blessure à vif était et demeurait les parents. Durant toutes les années qu'il avait passées sous leur toit, il avait rédigé à leur encontre un long acte d'accusation, et même après, il n'avait cessé de les accabler de reproches. Longtemps il avait été en froid avec eux sans que rien, si l'on peut dire, en fût à l'origine. De leur côté, ils ne lui demandaient rien. Ils lui avaient donné tout ce qu'ils avaient pu donner. Leur propre vie n'avait aucune importance à leurs yeux, ils ne réclamaient rien pour eux, et pourtant il ne leur avait jamais pardonné, même lorsqu'il apprit ce que les soldats roumains leur avaient fait endurer.

Ces dernières semaines, il tente désespérément de se relier à eux. Il reste assis des heures à son bureau et les attend. Durant des années, ses parents avaient tenté de s'infiltrer en lui, mais il était pris par son travail, ou par lui-même, et ne les laissait pas entrer. Parfois sa mère forçait la clôture et se présentait. Son père aussi, mais ses tentatives échouaient. Il le regardait à distance, semblant encore et toujours demander : Quel mal t'avons-nous donc fait pour que tu t'éloignes de nous alors que nous sommes dans un autre monde ? De leur vie, il n'y avait eu de rivalité entre ses parents, et si cela avait été le cas, elle n'était pas bien forte ; depuis qu'ils exprimaient le désir de se rapprocher de lui, cette rivalité, bien que dissimulée, existait. Qui arrivera premier ? Ces derniers temps, les désirs s'étaient inversés : c'est Ernest qui les cherchait.

L'espoir ininterrompu ne les avait pas ressuscités, mais des images de son enfance surgissaient et s'offraient à ses yeux. Son père sur le divan lisant le journal. Il s'allongeait toujours sur le divan. C'était sa place en ce monde. Plus d'une fois la mère disait : « Pourquoi ne t'allonges-tu pas dans la chambre, sur un lit ? Le divan est étroit. » Le père ne réagissait pas et la proposition demeurait sans réponse.

Parfois la mère se tenait près de la fenêtre et regardait la nuit, comme si elle espérait que quelqu'un vienne de l'extérieur et brise le silence dans la maison. Brusquement, elle tournait le visage vers son mari, guettant son approbation. Ernest ne comprenait pas ce mouvement du visage. Il lui semblait qu'elle voulait lui faire des reproches. Il se trompait, bien sûr : elle n'avait jamais rien demandé.

Le vendredi soir, la mère allumait les bougies. Elles n'apportaient aucun supplément de lumière à la maison. Au contraire, il lui semblait que les bougies, à la fois blanches et sombres, étaient l'incarnation de tout ce qui était figé. « Shabbat Shalom. » Sa voix s'élevait et se cognait à l'air immobile. Au son de sa voix, le père se redressait sur le canapé, ouvrait de grands yeux et semblait dire : Quelle est ma faute ? Il n'y a pas de doute que j'ai fauté mais apparemment c'est irréparable. La mère tentait en vain de donner une atmosphère différente au repas du shabbat. Le père mangeait deux parts de poisson. Son étrange appétit lors du shabbat provoquait toujours chez Ernest une certaine répulsion.

Une autre chose lui était apparue ces derniers jours : la façon qu'avait sa mère de plier le linge propre. Chaque lundi, la blanchisseuse ukrainienne venait chez eux. C'était une jeune femme robuste, les chemises et les chaussettes s'écrasaient entre ses mains. Son être entier respirait la solidité, la santé et la joie de vivre. Tout ce qui manquait à la maison était en elle. Ce n'était pas pour rien qu'il interrompait sa lecture et s'asseyait afin de la regarder. Elle s'appelait Galina, et ce nom contenait tout ce qu'il désirait ardemment : un corps à étreindre, des seins pleins et dressés, des jambes sveltes, des gestes rythmés, et un rire. La mère, auprès d'elle, ressemblait à une ombre desséchée. Dommage qu'il n'ait pu lui parler. Le silence de ses parents l'avait contaminé, s'était infiltré en lui, et il restait muet en sa présence. Malgré tout, elle lui avait légué quelque chose : chaque fois que l'odeur de l'amidon lui parvenait, Galina resurgissait, comme si le temps ne l'avait pas abîmée.

La nuit, à son retour de l'épicerie, la mère pliait le linge. Cela le mettait en colère de voir sa mère cueillir aussi légèrement les fruits du travail de Galina.

Iréna ressemble un peu à Galina : elle aussi a des jambes sveltes, un corps plein et des mains agiles. Lorsqu'elle apparaît le matin, un sourire sur son visage, il a envie de lui dire : Viens, et vivons notre vie de nouveau. Il oublie un instant les douleurs qui l'ont torturé la nuit, et les années qui l'ont brutalisé ; il est prêt à s'habiller chaudement et à sortir.

9

Le chapitre communiste s'ouvrit pour Ernest à l'âge de douze ans. Des jeunes communistes du quartier le persuadèrent de se joindre à eux pour coller des tracts la nuit. On les appelait les « gueulards ». Ils avaient quatorze-quinze ans, certains étaient orphelins, et la plupart étaient des miséreux qui s'étaient enfuis de chez eux. Ils habitaient des maisons abandonnées ou des hangars vides que personne ne surveillait. Ils étaient maigres, rapides, et une odeur d'huile flottait sur leurs vêtements. C'est d'eux qu'il entendit pour la première fois des mots grossiers.

Une nuit il fut attrapé et emprisonné. Son père et sa mère en furent informés et ils arrivèrent tout effrayés au commissariat. La mère jura qu'ils étaient des gens honnêtes et qu'il s'agissait de leur fils unique. Les suppliques n'aidèrent en rien, bien entendu. Le policier prétendit que les communistes n'avaient droit à aucune commisération et que leur place était en prison.

« C'est un enfant, plaida la mère.

– Un enfant communiste est d'abord un communiste. Il faut l'arracher avant qu'il prenne racine. »

La corruption réussit là où les suppliques avaient échoué. La mère glissa quelques billets dans la main du policier et l'enfant fut libéré.

Le lendemain, Ernest ne se rendit pas au rendez-vous habituel. Il était clair que son aventure s'était achevée là, mais le matin, sur le chemin de l'école, des activistes le menacèrent de représailles s'il ne se présentait pas au rendez-vous fixé la nuit – car on ne quitte pas un parti après avoir été arrêté une fois.

« J'ai peur, avait-il laissé échapper.

– Tu as peur de la police ? C'est de Staline que tu dois avoir peur ! »

Il croisait ces garçons violents quasiment tous les jours. Ils l'attendaient sur le chemin de l'école ou au retour. Il tenta de leur échapper mais ils étaient plus rapides. S'ils n'arrivaient pas à l'attraper le jour, ils le cherchaient la nuit. Une fois, en pleine nuit, ils frappèrent à sa fenêtre et crièrent : « Traître, les traîtres ne seront pas blanchis ! »

Il finit par ne plus supporter cette pression et reprit ses activités. Les autres ne lui firent pas bon accueil. Ils lui rappelaient sans cesse que le Parti ne tolérait pas les lâches et les déserteurs.

Les parents se doutaient que ses escapades nocturnes n'avaient rien d'innocent, mais ils étaient occupés par le magasin, les dettes, et ne posaient pas de questions. Ernest s'impliqua de plus en plus dans le Parti. Une nuit, on lui apprit comment démolir les portes et fabriquer des explosifs. Bientôt il fut impliqué dans l'incendie d'une petite école talmudique. Incendier des édifices religieux était l'un des commandements les plus importants du Parti. Tous les jeunes faisaient cela. Il hésita au début puis devint de plus en plus otage de cette dureté.

Une nuit il fut témoin de l'interrogatoire qu'on faisait subir à un vieux rabbin des environs. Ils entrèrent dans sa maison sans frapper. Le rabbin était à sa table et compulsait un livre. Le chef de la bande s'adressa à lui en ukrainien : « Monsieur le rabbin. » Le rabbin leva les yeux de son livre.

« Nous sommes venus te prévenir, dit le jeune en

s'adressant sans ménagement au rabbin. Il ne faut plus que tu enseignes le Talmud aux jeunes. »

Le vieillard se redressa sur sa chaise : « Je ne comprends pas.

– Nous sommes venus t'avertir qu'il ne faut plus que tu enseignes le Talmud. Le Talmud est bourré de superstitions. La propagation de croyances néfastes est assimilée à la diffusion d'un poison.

– Un poison… reprit le rabbin, et il dévisagea sévèrement le jeune homme.

– En effet.

– Cette étude est destinée aux Juifs seulement, poursuivit le rabbin sur un ton plus doux.

– Je sais. Quelle importance ? Un poison est un poison, et il empoisonne.

– J'enseigne depuis cinquante ans, dit le rabbin, comme s'il se trouvait non pas face à un agresseur mais face à un détracteur venu se plaindre de ses décisions.

– Pendant cinquante ans tu as répandu du poison. L'heure est venue d'arrêter cela. Le Parti ne s'embarrasse pas de mots. Si ses exigences ne sont pas respectées, il a les moyens de remettre les récalcitrants à leur place. »

La menace fit sourire le rabbin et il dit : « J'ai soixante et onze ans. Un homme de mon âge n'a plus peur.

– Tu te trompes. La peur n'a rien à voir avec l'âge. Le Parti a le pouvoir d'inspirer la terreur à chacun.

– Je vois que le parti est tout-puissant, dit le vieil homme, non sans ironie.

– C'est vrai. Je te conseillerais de faire profil bas. Il est préférable pour toi, pour ton bien, que tu acceptes le verdict du Parti et que tu ne le provoques pas.

– Qu'y a-t-il de mauvais dans l'étude du Talmud ? insista le rabbin.

– Ne te l'ai-je pas déjà expliqué ? Tu le sais toi-même : le Talmud est rempli de superstitions, de lois obscures, sans parler de la sorcellerie. Un homme qui se plonge dans l'étude du Talmud est condamné à devenir un fanatique, un bourreau de femmes et d'enfants, un exploiteur. Il faut arracher ces plantes empoisonnées à la racine.

– Qui es-tu ? » demanda le rabbin, comme s'il s'éveillait au milieu d'un cauchemar. Et il posa ses deux mains livides sur la table.

« Ça n'a aucune importance. Ce n'est pas une affaire personnelle. Il faut en finir une fois pour toutes avec cette fascination nuisible. » Le jeune commissaire avait un don certain pour le discours. Durant la conversation, il avait utilisé à plusieurs reprises le mot « théologie », et d'autres mots qu'Ernest n'avait pas compris.

Le rabbin se leva et dit : « C'est notre loi sacrée, et pour elle nous sommes prêts à mourir.

– Nous avons déjà entendu cet argument stupide, et il ne nous fait pas reculer. »

Le rabbin s'exclama : « Sors d'ici !

– Tu as dépassé les bornes. » Le ton du commissaire avait changé. « Le Parti ne pardonne pas une telle faute. Jusqu'à présent tu n'étais qu'un élément nuisible pour la population. À partir de maintenant tu seras considéré comme une menace. Le cas d'un agresseur est examiné plus sévèrement.

– Sors d'ici, sors, lui dit le rabbin, comme s'il s'agissait d'un importun plutôt que d'un commissaire menaçant.

– Je pourrais t'éliminer facilement, répondit le jeune homme en exhibant le pistolet à sa ceinture. Je ne le fais pas car le Parti est sensible aux regrets et aux demandes de pardon. Je te donne un sursis d'une semaine. »

À ces mots, le vieillard ouvrit de grands yeux, comme si ce n'était pas un homme qui lui avait parlé mais un être possédé par le diable.

« Je te conseille de réfléchir attentivement à ce que je

t'ai dit», conclut le jeune homme, et il se dirigea vers la porte, suivi de ses deux acolytes.

Ernest était captivé par les actions, et il s'impliquait de plus en plus dans le Parti. La pensée qu'il libérait des gens de la prison qu'était la religion lui donnait envie d'agir. Son dévouement, sa docilité étaient sans limites alors. Le sacrifice lui semblait l'expression la plus élevée de l'homme.

10

Ernest écrit chaque jour. Après trois heures d'écriture il ressent une faiblesse dans tout son corps. Ce n'est pas sur sa vie qu'il a écrit durant toutes ces années, mais sur la vie des autres. Il lui semblait qu'une mise à distance était indispensable à une écriture juste, tout comme il était important de s'éloigner du tribalisme juif qui lui apparaissait comme un anachronisme pesant.

Parfois il lit à Iréna un passage ou un chapitre. Lorsque Ernest lit pour elle, elle incline la tête, comme si elle désirait de toutes ses forces comprendre ses paroles. Cette fois, elle ne put maîtriser son émotion et s'écria: « Il est interdit de mettre le feu aux synagogues !

– Mais, à l'époque, les gens pensaient que cela délivrerait l'humanité et les Juifs », dit Ernest en tentant de replacer les choses dans leur contexte.

Lorsque Iréna n'est pas d'accord, elle ferme les yeux et son corps tremble. Comment définir ses sentiments ? Il peut se passer un jour ou deux avant qu'elle aligne une ou deux phrases. Lorsqu'elle parvient enfin à les prononcer, elles surprennent toujours Ernest par leur simplicité et leur sérieux. Parfois elle emploie une phrase qu'elle a déjà utilisée.

Il est impossible de se disputer avec elle, notamment parce qu'elle ne reste pas campée sur ses positions. Plus d'une fois il a tenté d'instaurer un débat, mais ses tentatives sont restées vaines.

Iréna n'est pas comme les autres femmes. Il comprend cela chaque fois un peu plus. Il y a en elle une candeur solide, presque inébranlable. Ce matin elle lui a raconté : « Ma voisine, madame Grossmann, m'a invitée à dîner. Elle a du mal à marcher mais elle n'a pas oublié le jour où ma mère est morte. "Chacun est orphelin le jour de l'anniversaire de la mort de sa mère, même à cinquante ans", m'a-t-elle dit. C'est vrai. N'est-ce pas ? » Le « n'est-ce pas » est l'une des manières qui font le charme d'Iréna.

Iréna trouve toujours un bon côté aux gens, même aux voisins qui n'étaient pas aimables avec ses parents. Il lui est difficile de se mettre en colère. Elle ne comprend pas, par exemple, pourquoi on porte tant de haine à ceux qui prient.

« Et toi tu pries, répéta Ernest, l'étonnant à nouveau.

– De temps à autre, pas régulièrement. Mais j'allume les bougies. J'aime regarder les flammes, elles m'émeuvent. » Ernest sait qu'il a beaucoup à recevoir d'Iréna, y compris dans ce qui l'occupe actuellement. Il s'agit de choses dont on ne parle pas, que l'on refoule, ou que l'on tait. Après lui avoir lu un passage ou un chapitre, il lui demande son avis. Cette question la trouble, elle se rétracte et elle se tait.

Parfois, à sa question, elle se redresse et tout son corps dit : Pourquoi me harcèles-tu avec quelque chose que je ne comprends pas ? Mais il y a des moments où elle a envie de lui dire : Tu dois demander pardon à tes parents. Les parents pardonnent toujours à leurs enfants. Tu n'as pas le droit de les ignorer. Un homme sans parents est toujours un orphelin.

En attendant, Ernest a de nouveau échoué et n'a pas obtenu de réponse à la question qu'il avait déjà posée : « Es-tu pieuse ? »

Cette fois aussi elle a dit : « Je fais ce que ma mère faisait.

– Ce n'est pas ce que j'ai demandé. »

Que me veux-tu ? dit son visage silencieux.

À la vue de son visage il cesse de l'ennuyer.

« Il y a une contradiction dans tes propos » est une phrase courante dans la bouche d'Ernest. Iréna connaît le mot « contradiction » mais elle ne sait comment l'utiliser. Elle le compare souvent à une épée sortie de son fourreau, qui menace d'attaquer. Cependant, la plupart du temps elle pense : Ernest veut m'enseigner quelque chose d'important, mais comme je ne peux le comprendre, il me répète cette phrase encore et encore.

Une fois il avait prononcé un autre mot hermétique. Elle en avait été blessée et avait éclaté en sanglots tant sa douleur était grande. Ernest ne s'imaginait pas qu'un mot puisse blesser autant. Lorsqu'il vit ce qu'il avait provoqué, il lui dit : « Iréna, je voulais juste comprendre. Surtout pas te blesser. »

Cette nuit-là elle n'avait pas dormi. Il lui semblait qu'Ernest l'avait mise à l'épreuve et qu'elle avait échoué. Il était temps qu'elle sache enfin que les voies d'Ernest n'étaient pas les siennes. Ernest questionne, examine, suppose, compare, construit et contredit. S'il avait été entouré d'autres personnes, il aurait analysé tout cela avec elles, mais comme seule Iréna se trouve auprès de lui la plupart du temps, il essaye d'examiner ses pensées en sa compagnie.

Après une nuit d'insomnie, Iréna avait décidé qu'à l'avenir, lorsqu'elle ne comprendrait pas quelque chose, elle lui dirait : Je ne comprends pas, ça me dépasse. Pourquoi faire autant cas de mon avis ?

Le lendemain matin, elle l'avait trouvé aussi ivre que Loth. Il mélangeait les langues, l'appelait Ida, brandissait le bras et était aussi perturbé qu'un enfant après une mauvaise chute. Iréna s'était dirigée vers la cuisinière et lui avait préparé des toasts et un café. En voyant la tasse fumante, il s'était écrié : « Tu es mon Roi Sauveur ! »

11

Cette nuit-là, sans en avoir eu l'intention, il avait écrit à la première personne.

Plus que les pratiquants, nous haïssions les Juifs riches. Une attaque contre le propriétaire d'une usine qui tardait à payer ses employés était considérée comme une action suprême. Les propriétaires des petites usines, et même ceux des ateliers qui employaient six ou sept personnes, passaient pour des exploiteurs et leurs bâtiments étaient incendiés. « La justice doit commencer chez soi » : c'était l'ordre que nous recevions et le slogan que nous brandissions.

Au départ, chacun de mes membres s'était rebellé contre cette violence, mais au fil du temps je m'étais convaincu que, si les riches et leurs vassaux n'étaient pas éliminés, le mal ne serait pas réparé. La richesse et l'exploitation devaient être éradiquées à la racine.

À cette époque, j'assistais à des conférences dans des caves, et pas seulement sur *Le Capital* de Marx ou les théories de Freud. Je lisais Gorki et Cholokhov, ainsi que des livres qui venaient d'arriver d'Union soviétique. L'activité clandestine, dont l'acmé était les rencontres nocturnes, me procurait le sentiment de participer à la construction d'un nouveau monde.

Quelle est la faute des Juifs ? Chaque conférence s'ouvrait sur cette question, et la réponse ne tardait pas : leur obstination. Leur obstination à ne pas changer, leur fidélité à la foi ancienne et dépassée de leurs pères. Les nouveaux Juifs n'étaient pas meilleurs qu'eux : la fortune était leur foi.

Ces années-là je haïssais les Juifs, d'autant plus que la plupart de mes employeurs ainsi que leurs financiers étaient juifs.

Durant ces rencontres nocturnes et secrètes, les idées fusaient : détruire les ghettos, le jour venu, et installer les Juifs dans des colonies agricoles. Enfermer les rabbins, les juges rabbiniques, les surveillants et autres directeurs de yeshivot dans des camps de rééducation. Interdire l'étude dans les heder et les écoles talmudiques. Les commissaires politiques s'en prenaient particulièrement aux bains rituels : ces derniers étaient le symbole même de l'ignorance et du mal.

Je quittai la maison à dix-sept ans, à la fin de mes études. Les supplications de ma mère et le silence de mon père n'y changèrent rien. La pensée que dès lors je dormirais dans des maisons abandonnées, vivrais du vol et viendrais en aide à mes faibles amis, cette pensée était plus forte que toute culpabilité.

La réalité était bien sûr différente de ce que j'avais imaginé. La vie était loin d'être idyllique dans les maisons abandonnées. On s'y battait pour chaque centimètre libre au sol, pour un matelas pourri, sans parler d'un morceau de pain ou de fromage. Les commissaires tentaient en vain de faire régner l'ordre dans cette confusion. Les descentes nocturnes de la police ne nous rendaient pas plus solidaires les uns des autres. Ceux qui pouvaient fuir s'enfuyaient, les autres étaient pris et emprisonnés. C'était une vie violente et épuisante. Plus d'une fois je m'endormis sous un pont ou dans le hall d'une maison, pour ne surtout pas me retrouver la nuit en compagnie de mes camarades de lutte.

Je ne revins pas vers mes parents. Ma mère m'implorait régulièrement. « Reviens à la maison, mon enfant.

La vie sans toi n'est pas une vie.» Ces supplications me parvenaient sous forme de petits mots, ou par l'intermédiaire de voisins rencontrés par hasard. Je les ignorais. «Trempé dans l'acier» était l'expression que je me répétais constamment. Je dois m'endurcir en prévision des grands combats à venir. L'humanité est plus importante que l'individu; la révolution prime.

Durant cette période, je me défis d'une partie de moi-même. Je considérais comme superflue chaque chose qui ne contribuait pas à la révolution. Je cessai de lire la poésie tant aimée de Rilke et de Kleist. Je ne me permettais pas de savourer une phrase rythmée, un mot hors du commun, et encore moins une phrase évoquant les mystères de l'âme; je m'interdisais même les promenades le long du fleuve, ainsi que les cafés; je prenais mes repas aux cuisines populaires des églises ou des synagogues.

Je m'entraînais à être un bon soldat, un soldat qui reçoit des ordres et les exécute sans broncher. Tout ce que j'avais appris au lycée – le doute, l'hypothèse, la comparaison, le double sens –, cet apprentissage étendu et subtil était à mes yeux une faute que je devais payer par des travaux forcés.

12

Les commissaires du peuple ne tardèrent pas à découvrir les talents d'Ernest : sa maîtrise des langues ainsi que ses facilités d'expression et de rédaction, qui lui permettaient de pondre des manifestes à la chaîne. La littérature était sa grande passion secrète. Le monde ne se construira pas par la poésie mais par l'éradication du mal, se répétait-il. Au lieu d'écrire de la poésie ou de la prose, il rédigeait des tracts, des lettres ouvertes et des plaquettes. Il apprit à transformer l'intime en slogans qui attirent l'œil et en mots qui captivent l'oreille. Comme tous ses camarades, il divisait le monde en noir et blanc. Dans le monde du bien régnait le communisme, et dans le monde du mal, tout ce qui existait alors. Cette division était si nette que personne dans son entourage n'en doutait. Parfois son cœur se serrait en constatant qu'il avait écorché un mot, mais la certitude d'accomplir quelque chose de nécessaire était plus forte que tout autre sentiment.

Il passait de longues heures dans la cave, à écrire et réécrire. Il n'y avait pas uniquement des sujets sociaux ou politiques au programme, mais aussi des sujets culturels : littérature, religion, arts plastiques et musique. Il mobilisait tous ses dons, et plus encore tout l'enthousiasme de sa jeunesse, pour produire des manifestes somptueux. Ce que publiaient les autres partis semblait pauvre, hésitant et manquant d'énergie. De ses textes à lui émanait une influence littéraire et philosophique, ils se distinguaient par leur simplicité, leur discours direct, et ils allaient droit au cœur.

On le citait, on s'émerveillait de son style, qui devint un sujet de conversation. Nul ne savait, bien entendu, qui était l'auteur de ces textes. Des rumeurs disaient que des manifestes si parfaits ne pouvaient que provenir directement de Moscou. Les commissaires n'étaient certes pas considérés dans la ville comme des modèles, mais les tracts et les plaquettes d'Ernest furent qualifiés de « sommet d'écriture ».

Il était déplacé d'une ville à l'autre telle une bête de somme. Partout l'attendaient une cave, un vieux bureau, du papier grossier, un stylo et de l'encre. Il savait ce qu'il fallait encenser et ce qu'il fallait rabaisser. De sa main jaillissaient toujours des phrases remplies de sens, débordantes d'ironie et embrasant l'imagination.

Lors des « nuits de cuisine » – les assemblées restreintes durant lesquelles les moyens d'action et les châtiments étaient fixés –, il rencontrait les dirigeants locaux, la plupart originaires de la même région que lui. Ils s'exprimaient en ukrainien et en russe mieux que les Ukrainiens. Ils étaient petits et myopes. La ruse, le soupçon et l'ambition se mêlaient dans leurs regards. Leurs projets étaient consignés dans des carnets qu'ils extirpaient de leurs poches. Ils prononçaient les noms juifs à la manière ukrainienne, ce qui était la preuve irréfutable de l'existence du mur qu'ils avaient dressé entre eux et leurs frères. Quelque chose d'autre caractérisait les « nuits de cuisine » : les cartes, faites par des bénévoles dans l'ombre, sur lesquelles étaient signalés les édifices religieux, les usines et les ateliers dont il fallait attaquer les patrons, ou qu'il fallait incendier.

Alors qu'il n'avait pas vu ses parents depuis deux ans, il décida de leur rendre visite, de mauvaise grâce. Des rêves pénibles torturaient son sommeil. Il tenta d'abord de les ignorer, mais ils revenaient nuit après nuit. Ses parents apparaissaient dans ses rêves comme il les avait connus. Leurs visages avaient maigri et exprimaient comme toujours une amertume à son égard. Ernest vit dans cette amertume comme une demande qui lui était adressée de rentrer à la maison.

Il se rendit de nuit à la maison. Il savait qu'à sept heures ils fermaient l'épicerie et rentraient chez eux. À huit heures le père s'étendait sur le canapé, se plongeait dans la lecture d'un journal, et attendait l'appel de la mère : « Le repas est prêt. »

Lorsqu'il ouvrit la porte, il ne remarqua rien de nouveau. Sa mère était dans les préparatifs du repas et son père était allongé sur le canapé. L'apparition subite d'Ernest les figea. La stupéfaction les empêcha de parler.

La mère parvint enfin à articuler trois mots :

« Où es-tu ?

– Pas loin d'ici, répondit-il d'une voix qui n'était pas la sienne.

– Tu as un appartement ?

– Oui. »

Il n'était pas enclin à donner des détails et sa mère se tut. Son père n'avait rien dit. Son long visage semblait s'être allongé encore. La stupéfaction continuait de tourbillonner dans ses yeux. Devant le regard de son père, Ernest ressentit une immense satisfaction et annonça : « Je travaille sur des projets importants. » Le père ne réagit pas. Ernest sentit que le mot qu'il avait utilisé, « projets », était rempli d'une supériorité creuse.

La mère intervint pour l'informer de leur situation :

« Nous allons fermer le magasin.

– Pourquoi ?

– Les clients ne viennent plus.

– De quoi vivrez-vous ?

– Dieu seul le sait. »

Il faillit lui dire que bientôt tout changerait, mais au lieu de cela il conseilla : « Il faut réfléchir à ce que vous allez faire. » À ces mots, le visage de la mère s'anima : « Nous n'avons personne dans cette ville auprès de qui prendre conseil. Les grands magasins mangent les petits. Nous ne pouvons pas proposer ce que propose un grand magasin.

– Je comprends », dit-il. Il baissa la tête.

« Nous allons devoir chercher du travail. »

À cette phrase, il perdit patience : « Je reviendrai bientôt pour une conversation plus longue.

– Tu ne manges rien ?

– Je suis pressé, dit-il de la même manière qu'auparavant.

– J'ai préparé des *blintches* sucrés comme tu les aimes », lui dit-elle, comme s'il n'avait jamais quitté la maison.

Il se dépêcha d'embrasser son front et se dirigea vers la porte.

« Pas maintenant. »

La porte refermée, le père sortit de sa stupeur pour dire « Je n'y comprends rien », et il se replia sur le canapé.

Ernest erra longtemps dans l'obscurité, pris de vertige. Soudain il comprit ce qui lui avait échappé pendant des années : le Parti avait proscrit tout rapport entre les sexes car l'amour libre, comme on l'appelait alors, gênait l'action. Les activités partisanes passaient avant tout. Il était permis de se marier et d'avoir des enfants, mais il était interdit de s'embrasser dans les caves, et encore plus de forniquer. Les contrevenants étaient blâmés et cela était notifié sur leur carte.

Ernest, qui rêvait d'amour libre, apprit très vite que celui-ci était interdit. Une fois il assista au procès d'une jeune fille charnue et vive qui était accusée de relations avec trois garçons. La malheureuse n'accablait pas les garçons mais elle-même. La sentence fut sans équivoque et cruelle : elle fut exclue du Parti pour le restant de ses jours.

Après ce verdict, il lui sembla que l'amour libre était permis à Staline et à lui seul, le reste de l'humanité devant se contenter de l'idée qu'il faisait cela parfaitement.

13

Ernest lut un chapitre à Iréna. La plupart du temps, elle avait du mal à suivre, mais la voix d'Ernest l'envoûtait, et l'émotion la faisait trembler longtemps après. Cette fois elle comprit et fut stupéfiée par l'herméticité de son cœur. Pourquoi as-tu fui père et mère ? voulut-elle demander. Ernest s'aperçut de sa stupéfaction et voulut lui expliquer. C'était difficile. Ernest sait qu'Iréna possède une langue propre, et que les voies de son cœur sont singulières. Les mots qu'il prononçait lui semblaient exagérés, fabriqués, et il se reprenait immédiatement. N'était son écoute attentive, il ne lui lirait rien. Chaque fois il tentait d'expliquer longuement, et chaque fois il ressentait la même déception à l'égard de lui-même.

« Pourquoi me suis-je enfui de chez mes parents ? demandes-tu. Parce que je croyais qu'on pouvait régénérer la vie. Mes parents me semblaient appartenir à la génération du désert, celle qui ne peut atteindre la rédemption. C'est pour cela que j'ai refusé leur amour. Est-ce compliqué ? »

D'habitude, Ernest lui parlait par bribes, mais cette fois il s'étendit plus longtemps. Iréna ne le comprit pas, mais sentit que ses mots venaient du cœur. Lorsque Ernest est ému, une légère rougeur apparaît sur son visage et sur son cou. En rentrant chez elle, elle se remémora tout ce qu'Ernest lui avait confié. Elle ouvrit la porte avec précaution et alluma aussitôt une bougie. Elle ferma les yeux et dit : « Dieu, viens en aide à Ernest afin qu'il trouve la voie vers Toi. S'il trouve sa voie, il guérira. Il est très malade et ses pensées le font souffrir. Donne-lui les mots afin qu'il puisse demander pardon à ses parents. »

Elle alla immédiatement mettre de l'ordre dans les chambres. Après la mort de ses parents, la maison était restée des années telle que l'avait agencée sa mère. À présent, c'était le temple secret d'Iréna. Les vêtements et la plupart des objets n'étaient pas utilisés. Parfois, il lui semblait que les vêtements et les objets s'étaient défaits de leur vie précédente, et que des souvenirs précieux s'en échappaient désormais par volutes. Certains jours elle restait assise de longues heures et essayait de s'imprégner de tout ce que la maison exhalait.

Dieu, recommença-t-elle à prier en son cœur, rends à Ernest ses parents. Sans parents nous n'avons aucune prise. Ils nous protègent ici-bas, et lorsqu'ils sont dans le monde de vérité, ils ne sont pas moins liés à nous. Elle pria si profondément qu'elle revit les parents d'Ernest. Le père allongé sur le canapé et la mère à la cuisine. Le silence tendu entre eux. Il lui était difficile d'effacer cette image de son esprit, peut-être parce qu'Ernest y revenait souvent, et la décrivait chaque fois différemment.

Sur les grands-parents des Carpates, il n'avait encore rien écrit. Iréna était très liée à ses grands-parents. Elle connaissait tout d'eux. Sa mère lui avait raconté chaque soir pendant des années une histoire ou un épisode de leur vie. Rien d'étonnant à ce qu'ils fussent une part mystérieuse de sa mémoire. Deux photos agrandies sont suspendues sur le mur est de l'appartement : le grand-père est imposant, appuyé sur une canne, vêtu d'une chemise paysanne, une ceinture sur les hanches, et de son visage émane une sorte de droiture tranchante. La grand-mère est une petite femme au corps lourd, un sourire chaleureux flotte sur ses lèvres.

Iréna aime regarder leurs photos. Plus d'une fois elle a pris le large et hanté leur maison et leurs champs. Plus d'une fois elle s'est jointe à eux sur la route de la synagogue, et sur le chemin du retour. Ce que sa mère lui a dit est vivant et provoque en elle des visions et des hallucinations. Lorsqu'elle est seule à la maison, elle n'éprouve aucune solitude. Iréna sait ce qui leur est arrivé pendant la guerre, mais le sentiment qu'ils continuent à vivre est plus fort que leur mort. Une fois, sa mère lui a dit, en parlant au nom de son père, que la mort était une illusion, et qu'il fallait l'ignorer. Cette phrase est gravée en elle.

Elle est peinée que les parents d'Ernest ne viennent pas à son secours. Sa maladie le gêne, son écriture en est retardée. Il écrit pourtant, mais il efface et déchire tout. Iréna sent que, s'il parvient à implorer le pardon de ses parents, il les réveillera là-haut et ils appelleront les grands-parents à la rescousse. Elle ignore comment lui parler mais elle sait que, si elle insiste auprès de lui afin qu'il demande pardon à ses parents, il est capable de la blâmer.

Cette nuit-là, elle alluma quelques bougies, afin que la maison ne demeure pas sans flammes. Lorsque la maison était éclairée par les bougies, les mauvaises ombres n'avaient aucun pouvoir. Ni sur elle, ni sur ses rêves.

14

À vingt-trois ans, Ernest fut nommé commissaire aux affaires juives dans sa région. Il avait déjà lu tout ce qu'un fervent communiste se devait d'avoir lu, s'était rendu secrètement en Union soviétique, avait participé à des formations intensives en logistique et était impliqué dans toutes les activités du Parti.

Le comité qui l'avait nommé savait que personne ne convenait mieux que lui à cette fonction. Sa fidélité au Parti et l'hostilité qu'il portait aux membres de sa tribu étaient intimement mêlées. De plus, Ernest était incapable de rester un seul jour en place, il était méthodique, prenait des initiatives et faisait ce qu'il disait. Un mois après sa nomination il détenait déjà plusieurs listes : les Juifs riches, l'élite religieuse, et ceux qu'il fallait faire entrer dans le secret du Parti, en particulier les lycéens et les étudiants de la ville.

À cette époque, sa haine envers sa tribu était à son apogée. Il était persuadé que les Juifs, à cause de leur mode de vie malsain, étaient dégénérés, sans espoir de rédemption. S'il l'avait pu, il aurait incendié toutes les synagogues et toutes les yeshivot, toutes les usines et tous les ateliers dans lesquels on exploitait les travailleurs, et il aurait même condamné au feu les cercles littéraires et artistiques. Son hostilité avait alors plusieurs visages. Ses camarades les plus proches étaient des Ukrainiens à moitié juifs qui vomissaient leur judaïté, et des Polonais exilés qui avaient apporté de chez eux la haine des Juifs.

La nuit il se rendait dans le quartier juif. Le dédale formé par les épiceries, les magasins de tissus, les échoppes et les entrées des synagogues apparaissait comme l'incarnation de la maladie et de la souillure. Il faut éliminer ces poux, marmonnait-il pour lui-même.

Plusieurs fois par an il rendait visite à ses parents. La liquidation de leur épicerie avait pris des mois, et finalement ils l'avaient vendue pour une bouchée de pain à un agent immobilier de la ville. Étrangement, il n'en avait pas voulu à l'agent qui avait profité de leur situation mais à ses parents, qui n'avaient pas su se battre pour leur maigre bien. Ses parents ne changèrent pas vraiment, ils devinrent encore plus embarrassés, plus figés. Ernest s'asseyait et alignait quelques phrases bouffies d'orgueil puis s'en allait. Après son départ, les parents restaient interdits, comme s'ils venaient de subir un cambriolage d'une extrême violence.

Ernest, qui dans sa jeunesse avait été sensible aux paysages, aux animaux et aux hommes en détresse, avait chassé de son esprit toutes ces sensibleries. Il adopta un jargon sociologique abstrait, s'aida de statistiques et de déterminations grossières. La parole intime lui semblait superflue. La prise en compte de l'individu ne faisait qu'affaiblir. Il fallait considérer uniquement le sort commun, le but, et le but à l'époque était le Birobidjan. Déraciner les Juifs et les installer dans les plaines du Birobidjan, c'est ce à quoi tendait toute son âme. Lorsqu'il parlait avec les jeunes, il leur promettait une vie saine, normale, une vie dans laquelle il y aurait de la joie et de l'utilité pour la société. De nombreux jeunes s'enivrèrent de ses discours, abandonnèrent leurs parents âgés et mirent le cap vers l'inconnu.

Plus tard il se dirait : Qu'ai-je fait, quel démon me guidait alors ? Les haines qui avaient rythmé sa jeunesse ne s'oublieraient pas facilement. Des années passeraient avant que s'achève son voyage vers ses parents, et bien plus encore vers ses grands-parents. À présent il était à la fin du voyage et il attendait nuit après nuit qu'ils surgissent. Lorsqu'une fissure apparaissait au matin et qu'un morceau de paysage émergeait des profondeurs, son corps s'apaisait un peu, mais il y avait des nuits où c'était le silence des parents qu'il voyait, un silence qui s'était étendu, il n'y avait plus de séparation entre eux et leur silence, et il savait que ce silence était leur sève. Leurs visages répétaient : Il n'y a rien à dire, nous ne changerons pas, il n'y a guère de chance que nous changions. C'est ainsi que nous fûmes et ainsi que nous serons à jamais. Lorsque Ernest entendait leur silence, il se recroquevillait et se mettait à trembler.

15

Un an avant que la guerre atteigne sa ville, Ernest épousa Tina, une jeune Juive orpheline embrigadée par le Parti. Il avait travaillé un temps avec elle. Ses manières simples et sa droiture l'avaient impressionné. Il s'était assis un jour près d'elle au réfectoire et ils avaient parlé de Gorki. Ernest fut étonné par ce qu'elle lui dit. Sa lecture n'était pas mécanique, et sa sensibilité aux détails était grande. Ce n'étaient pas les réflexions de Gorki sur la société qui l'avaient émue, mais sa capacité à scruter les moindres recoins de la souffrance humaine, en particulier chez les enfants, et plus encore chez les personnes âgées.

Cette conversation au réfectoire avait éveillé ses sentiments et l'avait ramené à lui-même. Ils se rencontraient pour parler de livres et d'écriture, de ce qui est important dans la vie, et d'autres choses. Tina ne reniait pas le communisme, mais sa préoccupation majeure était la vie de l'individu, non la régénération de la société. Au début il lui rappela que ce n'était pas l'avis du Parti. Elle en fut effrayée et s'excusa. Au fil des jours il cessa ses remarques. Sa clairvoyance et sa grâce avaient conquis son cœur.

La cérémonie du mariage se déroula dans la cave où se trouvaient les locaux du Parti. Le secrétaire en personne y présida. Ernest et Tina jurèrent fidélité au Parti communiste et à Staline, puis ils trinquèrent, déclamèrent les slogans habituels, et des militants récitèrent des poèmes de Maïakovski.

C'était une période de bonheur insoupçonné. Chaque jour il découvrait un nouvel aspect de Tina, et chaque jour il sentait qu'elle, et elle seule, pouvait lui rendre la part essentielle de lui-même qu'il avait perdue. Il ignorait comment cela se passerait exactement. (Il se souviendrait des jours auprès d'elle comme clairs et ensoleillés, et de ceux qui leur succédèrent comme d'une longue obscurité.)

Mais entre-temps leur était née une fille, et le bonheur d'Ernest ne connut plus de limites. Le Parti organisa une modeste fête dans la cave. De nouveau ils chantèrent, se moquèrent de l'ancien monde, se soûlèrent en maudissant la police et ses auxiliaires.

Ensuite ils ne furent presque plus ensemble. La guerre approchait et on lui confia plusieurs missions. Au printemps Hitler renia tous ses engagements et ses troupes traversèrent la frontière. Les dirigeants du Parti reçurent l'ordre de fuir en Union soviétique. Il se sépara de Tina dans la hâte. Il restait persuadé que son retour n'était qu'une question de jours. Tina, elle, voyait les choses autrement. Elle pleura et lui embrassa les mains.

Vint le temps des trains et des bombardements. Ernest allait d'un train à l'autre, et lorsqu'il n'arrivait pas à temps, ou que le train était retardé, il marchait avec les cohortes de réfugiés. Chaque jour l'éloignait de Tina, et chaque jour il était témoin d'une nouvelle souffrance, mais la victoire de l'armée rouge ne faisait pour lui aucun doute, tout comme son retour rapide auprès de sa femme. Il fut mobilisé dans une petite ville près de Moscou et immédiatement affecté à un stage d'officiers. Il s'agissait de stages courts, intensifs, conçus principalement pour les fidèles du Parti.

Au même moment, les Roumains et les Allemands envahirent sa ville. Les Juifs furent enfermés dans le ghetto, et les déportations vers l'Ukraine commencèrent. Plus tard il apprit que Tina et leur fille avaient fait partie des premiers convois.

Pendant des années il fut incapable de se les représenter ; depuis qu'il s'était mis à écrire sur la guerre, il voyait parfois clairement Tina et la petite Hilga, comme s'il ne s'agissait pas de la mère et de la fille mais de deux fillettes se tenant la main. La grande dit à la petite : « Bientôt nous arriverons dans un endroit où il y a de l'eau, et tu pourras boire autant que tu veux. » Il ne peut effacer cette vision, elle revient vers lui sous des angles différents, jour et nuit. Il voit aussi ses parents dans la longue file des déportés. Son père tient les mains de sa mère comme il l'a toujours fait et lui répète : « Il n'y a pas lieu de s'inquiéter, tout est derrière nous.

– Et les dettes ? demande la mère.

– En temps de guerre, les dettes sont annulées, répond le père d'une voix fatiguée.

– Je ne comprends pas », dit la mère, et son visage se ferme d'un coup.

À partir de là, ils ne parlent plus. Ils marchent main dans la main, avec les autres.

C'est le cœur de l'hiver, mais soudain des taches foncées apparaissent dans la neige, comme au printemps. Une illusion, bien sûr. La tempête a cessé quelques jours, la glace du fleuve s'est rompue et les eaux montent. Les soldats houspillent les déportés en frappant, en tirant, afin qu'ils parviennent rapidement au fleuve déchaîné. Les déportés savent ce qui les attend, ils ne tentent pas de fuir. À l'approche du fleuve, ils se débarrassent de leurs sacs. Ça les allège, ils sont poussés par les soldats, et par leurs frères aussi. Dans le fleuve, le père ôte son col, comme il le faisait chaque matin avant de se raser.

16

L'hiver se fit plus rude et les efforts d'Iréna pour extirper Ernest de sa mélancolie n'eurent aucun effet. Elle se tenait face à lui et énumèrait les plats qu'elle avait préparés. S'il ne répondait pas, elle répétait tout en détail, et s'il ne répondait toujours pas, elle savait qu'il fallait cesser de l'importuner.

Ernest écrit jusque tard dans la nuit. Il dort quatre heures, pas plus. « À mon âge, on n'a pas besoin de beaucoup de sommeil », s'entête-t-il. Iréna pense que quatre heures de sommeil sont insuffisantes. Il est vrai qu'Ernest sommeille l'après-midi, mais il ne dort pas. « Ne fais pas attention à moi », lui demande-t-il, lorsque la mélancolie l'accable. Iréna se plie à sa volonté et n'entre pas dans sa chambre, sauf s'il l'appelle. Elle sait que la mélancolie est têtue et intransigeante, et qu'Ernest sera couché dans son lit, crispé, jusqu'à ce qu'elle passe.

L'automne dernier, il avait sorti de son tiroir un paquet de manuscrits et avait dit à Iréna : « Ce sont les livres que j'ai écrits et que je n'ai pas terminés.

– Un jour tu les finiras, avait répondu Iréna, en espérant qu'il ne la contredirait pas.

– Je ne les achèverai plus.

– Pourquoi ?

– Parce qu'ils n'en sont pas dignes.

– Je ne comprends pas ! » s'était-elle exclamée.

Ernest lutte avec sa vie et son écriture. Il ne peut changer sa vie, mais il souhaite donner à son écriture une nouvelle forme. Ce ne sera plus une description d'ambiance lourde de détails mais rien que le nécessaire absolu. Pendant longtemps il a souhaité écrire sur l'homme, l'homme en lui-même, sans aucun trait ethnique. Ses héros s'appelaient Eldorado, Homère, ou portaient d'autres noms de mythes anciens. Ils se battaient pour la justice, la fidélité et la pureté. Depuis l'arrivée d'Iréna, beaucoup de choses ont changé dans sa vie. Toutes ces années il a tenté de fuir sa vie, de l'ignorer, de construire sur elle des tours géantes. À présent, elle s'élève vers lui telle une ombre, et il sait qu'elle demande réparation.

La pluie tombe sans discontinuer et brouille les fenêtres. Il est probable qu'Ernest n'ira pas au café aujourd'hui. Il est assis à son bureau et recopie. Lorsque Ernest recopie, c'est qu'il souhaite conserver un passage ou un chapitre. Lorsqu'il recopie, son écriture est claire, sans irrégularité vers le haut ou le bas. Et en effet, il demeura à son bureau jusqu'à midi.

« Il y a une soupe de légumes frais, annonça joyeusement Iréna.

– Merci. »

Iréna sait qu'il n'y a rien de tel qu'une soupe de légumes pour le tirer de l'obscurité. Son combat contre la mélancolie est un combat violent. Avant, il passait parfois des journées entières au lit, mais Iréna ne lui permet plus d'être dépendant de ses douleurs. Elle invente toutes sortes de ruses et de charmes pour l'attirer vers la table. Elle croit qu'une bonne nourriture peut le sortir de sa détresse.

Parfois, pour lui faire plaisir, elle met son chemisier brodé et la jupe assortie à la broderie, se maquille et porte des boucles d'oreilles. Ernest est très heureux de voir Iréna en habits de fête.

Souvent, témoin de son combat, elle veut lui dire : Je ferai tout ce que tu me demanderas de faire. Ernest refuse la plupart du temps d'être assisté, même lorsqu'il est faible, il ne souhaite pas qu'elle l'aide à marcher, et encore moins qu'elle le lave. Ernest est un homme fier, sa démarche droite le prouve. Après l'opération, il avait été obligé d'accepter de l'aide, mais le moins possible. Je vivrai tant que mes jambes me porteront. Sans la marche, la vie n'a pas de sens. Lorsqu'il sort de la maison et marche sur le trottoir, sa faiblesse est imperceptible.

Iréna lui servit la soupe et demanda : « C'est bon ?

– Très bon. »

Elle aime cette réponse. C'est le signe que sa mélancolie se dissipe, et que bientôt la lumière reviendra sur son visage.

« Comment c'est, dehors ?

– De la pluie et du vent.

– Mais il me semble que ça a cessé, maintenant. »

Il s'assit et avala la soupe ; son visage revenait à lui-même, et un léger sourire ironique apparut sur ses lèvres. Iréna connaît ce sourire. Bientôt Ernest fera une remarque acerbe sur lui ou sur son état. Après le repas il se rasa, s'habilla et dit : « Je vais au café.

– Il fait froid.

– J'aime ça. »

Lorsque Ernest revêt son costume gris et son manteau d'hiver, noue autour de son cou une écharpe de laine fine et dit « Au revoir », Iréna ressent avec une fierté dissimulée que ses actes ont porté leurs fruits, et elle demeure longtemps enveloppée par cette joie.

17

Ernest écrivit pendant la nuit et fut content de ce qu'il avait écrit. Lorsqu'il est content, son visage s'épanouit et sa faiblesse est invisible. Il confie à Iréna des choses qu'elle n'imaginait pas qu'il lui confierait. Sa ville au fil des saisons, les petits parcs cachés où il aimait se promener après des heures passées au lycée, et dans les parcs, les kiosques minuscules qui ressemblaient à des chapelles où l'on pouvait acheter un verre de limonade et une boule de glace, avant d'aller à la bibliothèque municipale. Le lycée était son terrain d'entraînement. Là-bas il s'efforçait de montrer ses connaissances mais aussi, surtout, son aptitude à penser. Le français, les lettres et la philosophie étaient ses disciplines préférées, mais il excellait aussi dans les autres matières. Il était apprécié des professeurs. Tous s'émerveillaient de ses capacités et de la grâce de ses manières, et nul n'en doutait : il serait un jour professeur à l'Université. Son adhésion au communisme brisa cet élan. C'est étrange, se dirait-il plus tard, que j'aie vendu mon âme à une foi illusoire.

Pendant ce temps, Iréna lui prépare un petit déjeuner : des toasts, du fromage maigre et des crudités. Elle essaie de varier ses repas. Cette fois, elle a ajouté des olives noires et un dessert aux prunes de son invention.

Il s'adressa à elle sur un ton qui n'admettait pas de réplique :

« Tu dois t'asseoir et manger avec moi.
– J'aime te servir les repas, répondit-elle franchement.
– Mais toi aussi, tu as droit à un petit déjeuner. »

Il avait plusieurs fois exprimé ce souhait en sa présence, mais Iréna ne se sentait pas à l'aise lorsqu'elle s'asseyait près de lui.

Si la pluie est forte et qu'il fait très froid, Ernest s'allonge dans son lit et étudie la Bible. Il a découvert le Livre il y a deux ans et il est fasciné par le rythme et l'économie des mots. Chaque jour il lit un chapitre ou deux en s'aidant de la traduction de Buber. La traduction de Buber semble sophistiquée en comparaison de la fluidité du phrasé biblique.

La veille il s'est souvenu que, trois mois avant son treizième anniversaire, son père avait amené à la maison un professeur pour le préparer à la bar-mitsva. C'était un vieillard au regard débordant de douceur et de bonté. Il tenait entre ses mains blanches le Pentateuque. Il avait regardé Ernest droit dans les yeux et lui avait dit : « C'est notre sainte Loi que nous avons reçue du ciel. Elle contient des choses merveilleuses. Nos pères en ont pris grand soin. » Il lui parlait un allemand mâtiné de yiddish, ce qui ôtait un peu de valeur à ses propos. À cette époque, Ernest se sentait loin des Juifs et du judaïsme, et les paroles pleines de sincérité du vieillard lui apparurent comme une entreprise hypocrite, sinon comme une tromperie.

Certains cours l'amusèrent. Mais, au bout de trois semaines, sa patience atteignit ses limites. À ses yeux le culte sacrificiel équivalait à un bain de sang digne de l'Antiquité et non de l'homme moderne. Il fit part de son opinion au vieillard. Ce dernier écouta et dit : « Il est interdit de parler ainsi. Dieu, le maître du monde, entend.
– Je n'ai pas peur. Dieu est une invention de l'homme primitif. Nous sommes libérés de cette invention. »

Il s'adressait au vieil homme comme à un inculte. En entendant ses propos insolents, le vieillard baissa la tête. Lorsqu'il se reprit, il se tourna vers lui et demanda : « Je vois que tu ne veux pas étudier notre sainte Loi. »

La réponse ne tarda pas :

« Non.

– Il n'y a pas de Juif sans Torah.

– Je me moque d'être juif. »

Le vieillard n'ajouta rien, se leva et se rendit à la cuisine, où était assis le père. Après avoir entendu le bref compte rendu du vieillard, le père paya, s'excusa, dit quelques mots sur la nouvelle génération et le raccompagna à la porte.

Plus tard, le père s'adressa à Ernest et dit : « Je vois que la Torah ne t'intéresse pas.

– C'est vrai.

– On peut apprendre l'histoire à partir de la Torah, tenta le père, s'efforçant de parler comme les Juifs qui sortaient du lycée.

– On étudie l'histoire dans les livres d'histoire », coupa Ernest pour mettre fin à la conversation.

Le père savait que, sur la question de la culture, il serait toujours perdant.

Ce souvenir lointain, enfoui en lui durant des années, submergea Ernest, qui revit clairement des objets oubliés de la maison, comme la planche à lessive suspendue derrière la cuisine à côté de la tresse d'ail. La maison qu'il avait quittée avec mépris et désinvolture n'avait pas disparu de sa mémoire. L'apparition du vieillard dans la nuit l'avait réjoui, comme un présent venu de loin. Il pensa raconter sa joie à Iréna mais il s'avisa aussitôt que le sujet était complexe, et que ce n'était pas le bon moment pour en parler.

« Comment est-ce, dehors ? demanda-t-il distraitement à Iréna.

– Froid.

– Je vais mettre mon manteau. »

Ernest l'étonnait toujours. La semaine précédente, avant d'aller au café, il s'était tourné vers elle alors qu'il avait déjà enfilé son blouson et il avait demandé : « Suis-je bien habillé ?

– C'est parfait.

– Un homme de mon âge ne peut se permettre une tenue relâchée. »

Iréna repasse ses vêtements soigneusement, mais elle lui laisse le choix de porter ce qu'il veut, quand il veut. Ernest est sensible aux couleurs, et plus d'une fois elle l'a vu superposer une chemise et une veste pour s'assurer de leur harmonie. Il aime les couleurs vives mais pas trop voyantes. Lorsqu'Ernest sort, il laisse quelque chose de lui-même à la maison. Parfois elle s'adresse à cet être absent et lui raconte ce qui lui passe par la tête. Étrangement, il lui est plus facile de parler à Ernest lorsqu'il est absent.

18

Après des jours d'écriture ininterrompue, la mélancolie submergea de nouveau Ernest. Son appétit diminua, une ombre recouvrit son visage, il grommelait des mots incompréhensibles, annulait des projets qui l'enthousiasmaient la veille, et plus d'une fois Iréna l'entendit dire : « Il faut tout brûler. » Lorsqu'elle entend ces mots, la peur l'étouffe. La mélancolie peut durer une semaine, parfois davantage. Iréna vient alors plus tôt le matin et s'attarde le soir. Elle est si préoccupée par ces jours sombres qu'il lui arrive d'oublier un plat sur le feu, ou les vêtements dans la machine à laver.

Lorsque la mélancolie règne sur lui, Iréna s'efforce de se faire toute petite, de ne pas déplacer les objets ou les meubles. Elle voudrait lui dire : Il ne faut pas se tasser dans le lit, cela rend la respiration difficile. Il faut s'asseoir en tailleur, la tête haute, et permettre à l'air de circuler librement. Mais bien sûr elle ne dit rien. Parfois il relève la tête et dit d'une voix qui n'est pas la sienne : « Je n'ai pas encore saisi l'essentiel, les détails m'égarent. » Iréna sait qu'il se parle à lui-même, la mélancolie assombrit son humeur et rien de ce qu'il écrit ne trouve grâce à ses yeux.

Lorsque l'obscurité a raison de lui, il s'acharne sur ses manuscrits, puis les déchire en mille morceaux qu'il jette à la poubelle. Son cœur se brise, mais elle n'ose lui dire : Calme-toi.

Récemment, elle est venue un soir chez lui et l'a trouvé ivre. Cette fois, il ne mélangeait pas tout, il parlait de ses échecs d'une façon ordonnée. Il disait à peu près ceci: «Un homme n'est pas un écrivain simplement parce qu'il a un certain talent pour l'écriture. Si tu n'es pas relié aux parents, aux grands-parents, et à travers eux à ta tribu, tu es un écrivaillon mais pas un écrivain. La littérature russe est juste et grande car elle est reliée aux croyances du peuple russe. L'écrivain russe ne méprise pas les icônes, lui-même s'agenouille et supplie: "Jésus, père de ceux qui souffrent, sauve-moi aussi."»

Il y a des années de cela, quelques-unes de ses connaissances avaient essayé de publier un recueil de ses nouvelles en hébreu. Deux passages furent traduits pour en donner une idée, mais aucune maison d'édition n'était prête à avancer les fonds, et depuis, cela traînait en longueur, il recevait des lettres réservées, ou de refus. Ernest savait que la plupart des éditeurs étaient des matérialistes, insensibles et dépourvus de goût, mais il lui semblait qu'ils avaient surtout perçu les faiblesses dissimulées dans son écriture. Quelques années auparavant, Ernest était sûr de lui: «J'écris à partir d'impératifs intérieurs», disait-il, et il réduisait les lettres de refus en miettes. Longtemps il avait espéré qu'une maison d'édition allemande ou autrichienne trouverait un intérêt à ce qu'il écrivait et publierait ses livres, mais de là-bas aussi il reçut des lettres polies et froides. Les années passèrent sans que rien changeât. Il écrivait compulsivement, parfois avec une assiduité exemplaire, mais il y avait des mois où il ne touchait pas son stylo. Le doute l'assaillit après l'opération. La faiblesse et les crises de mélancolie ébranlèrent son assurance. Si auparavant les lettres de refus suscitaient sa fureur tout en le poussant à écrire, à présent il était d'accord avec ses critiques, et de surcroît il ajoutait: «Ils sont bien charitables avec moi. Si c'était moi l'éditeur, je n'exprimerais pas de réserves, je rejetterais tout en bloc.» Après l'opération, il sentit que la machine puissante qui battait dans son corps et faisait surgir des visions et des pensées avait comme ralenti son rythme. Le cognac aidait, il est vrai, à attiser la volonté, mais pas comme avant.

Iréna était témoin des luttes d'Ernest et ne savait pas toujours comment réagir. Une chose était sûre: la mélancolie ne l'enlaidissait pas. Parfois il lui semblait que, dans la nuit où il se trouvait, elle purifiait ses pensées. Une certaine noblesse imprégnait les paumes de ses mains, ses doigts fins et le mouvement de ses lèvres. Elle se tenait en retrait, l'observait et se demandait chaque jour comment alléger la souffrance de ce prince.

Lorsqu'elle rentra chez elle, elle but deux verres de cognac d'affilée. La tête lui tourna et elle imagina Ernest vêtu de son costume bleu, entrant par la porte d'un palais somptueux, une haie de soldats se mettant au garde-à-vous pour lui. Ernest lève la main et les salue d'une inclination de la tête. Il monte les marches et le roi lui-même, en habit, vient vers lui et le salue.

Iréna s'éveilla au milieu de cette vision et voulut se lever mais elle était lourde et étourdie, et elle resta assise.

Elle pensa que dorénavant son rôle serait différent: elle devait se rapprocher de son grand corps et être pour lui une aide à toute heure, et s'il se mettait en colère contre elle, elle lui dirait: Je veux être avec toi dans l'obscurité aussi. Ton obscurité m'est chère, comme la lumière qui rayonne de ton front. Un instant elle fut affolée par ses pensées. Elle se dirigea vers l'évier pour s'asperger le visage, et aussitôt elle vit Ernest comme elle ne l'avait jamais vu: son visage était baigné de lumière, comme s'il s'était enfin libéré des chaînes qui l'entravaient.

19

Le lendemain, en chemin vers la maison d'Ernest, la douce vision de la veille lui revint. Elle s'imagina Ernest assis dans le fauteuil, lisant la Bible. Ces derniers temps, le livre ne quittait pas ses mains. Elle avait parfois l'impression qu'il ne lisait pas mais s'imprégnait de chaque ligne, et qu'à force d'étonnement il n'avançait pas dans sa lecture.

À sa stupéfaction, elle trouva Ernest couché dans son lit. « Que s'est-il passé ? » lui demanda-t-elle. Elle comprit que la mélancolie s'était de nouveau emparée de lui. La faiblesse était visible sur son visage, et sur ses mains. Elles étaient relâchées sur la couverture.

Elle alla préparer le petit déjeuner à la cuisine. Avant elle annonçait : « Je prépare le petit déjeuner. » À présent elle savait qu'il n'y avait rien de tel que l'odeur du café pour tirer Ernest de son lit.

Peu après Ernest s'asseyait à table, buvait le café et disait : « Il se fait tard. »

Iréna devina sa pensée et répliqua : « Il n'y a pas de tôt ou tard. »

Il la troubla :

« Que veux-tu dire par là ? »

Iréna rit, comme prise en faute, et ajouta aussitôt : « Je ne me souviens pas où j'ai entendu cette maxime. »

Ernest se rasa, s'habilla et alla au café. Près des escaliers il tourna la tête vers elle : « Que voulais-je te dire ? » Iréna craint d'entendre cette phrase, car elle peut être suivie par « Les manuscrits sont dans les deux tiroirs du haut, s'il m'arrive quelque chose, brûle-les s'il te plaît ». Il ne le lui a dit qu'une seule fois, et pourtant elle a toujours peur. Cette fois, ce qu'il voulait lui dire lui a échappé.

Il lui faut vingt minutes pour aller au café Hermon. Lorsque la pluie tombe et que le vent souffle, la route s'allonge. Il n'y a pas si longtemps, il y avait dans le quartier de Rehavia des cercles de littérature, de philosophie, de mystique juive, et dans la synagogue Yeshouroun, il y avait souvent un cours de Talmud. Les années cinquante et soixante furent des années d'intense activité à Rehavia. Ernest était l'un des membres assidus du cercle littéraire. Il y avait des jours où il semblait qu'une nouvelle culture juive, différente de celle des pionniers, était sur le point de naître. Martin Buber et Gershom Scholem en seraient les maîtres. La plupart des réunions se tenaient en allemand, mais il y avait des participants qui, tel Ernest, connaissaient l'hébreu et le yiddish.

À cette époque il écrivait beaucoup et effaçait beaucoup. Parfois il avait le sentiment de creuser au bon endroit. Le forage s'effectuait lentement, mais son intuition lui disait que, s'il persévérait, il arriverait à une nappe d'eau vive. Il y avait aussi des jours de découragement, d'errement, d'illusion et de peur de l'avenir. Lorsqu'il divorça et prit une retraite anticipée, il ressentit un grand soulagement. Il lui sembla qu'il prenait enfin la route, et que ce qui avait disparu en lui et lui avait été ravi allait lui être rendu.

Sa vie eut un sens tant que le cercle littéraire eut une activité normale et que lui demeura plongé dans son écriture, faisant parfois lecture d'un chapitre ou d'un passage, suscitant des remarques et des compliments. Mais lorsque le cercle se défit et que les participants se dispersèrent, Ernest sentit que sa vie en ce monde avait été en grande partie amputée.

20

Ainsi passent les jours. Il y a des jours de mieux et des jours d'effondrement. Iréna fait tout pour le soulager : elle se maquille, s'arrange pour que ses vêtements attirent son regard le matin. Le regard d'Ernest est aiguisé, il est attentif aux détails, et chaque fois qu'il remarque une nouvelle harmonie dans ses vêtements il dit : « Cela te va bien. » Iréna sait que les propos d'Ernest ne sont pas dits en l'air et elle les conserve précieusement dans son cœur.

Ernest se bat sur deux fronts ces dernières années : sa vieille maladie du cœur et la tumeur cancéreuse qu'on lui a ôté il y a deux ans. Les maladies ont été domptées mais la mort menace toujours. Quand les douleurs s'intensifient, il revient aux années qui précédèrent la guerre, lorsqu'il était commissaire aux affaires juives et attaquait des institutions religieuses, des rabbins et des juges religieux. Il y a quelques jours, il a rêvé que l'un des vieux rabbins se jetait sur lui, le faisait tomber, lui ligotait les mains et les jambes et lui disait qu'il méritait le châtiment suprême. Les cauchemars sont ses pires ennemis ces dernières années. Après une nuit de cauchemars, la mélancolie grandit naturellement. Ernest sait que tout cela est le fait de l'ange de la Mort et qu'il doit se préparer au dernier combat.

Il y a autre chose, plus enfoui, qu'il se dissimule à lui-même : la crainte que, si sa maladie empire, on ne l'oblige à aller dans l'un des hospices de la ville. Il en avait parlé une fois avec Iréna. Elle s'était empressée de lui promettre qu'elle serait toujours avec lui, quoi qu'il advienne. Ernest ne met pas en doute sa promesse, mais que faire si l'inconnu l'inquiète ? Lorsque son esprit s'assombrit, il réitère sa demande : « Ne m'enferme pas dans un hospice, je veux mourir près de mes livres.

– Pourquoi n'as-tu pas confiance en moi ? dit Iréna d'une voix tremblante.

– Pardon, mille pardons. »

Arriva l'heure du déjeuner, et avec elle la soupe de légumes. La soupe de légumes, telle que la prépare Iréna, est un acte pensé qui s'exprime dans une fantaisie de couleurs, juste à la bonne température. Iréna n'a pas appris à cuisiner car sa mère ne préparait que des plats traditionnels, mais sa volonté d'améliorer les repas diététiques auxquels Ernest est tenu fait d'elle une excellente cuisinière. Ernest aime ses plats et plus d'une fois il a déclaré : « Tu me sers des mets dignes d'un roi. Qui t'a appris à accomplir des prodiges ? » Il n'aime pas seulement ses plats. Sa présence lui procure la sensation d'être relié à la vie. Une fois il avait tenté de la remercier et avait échoué. Sa simplicité est si solide que parfois il se sent infirme auprès d'elle. La honte le submerge lorsqu'il se souvient de ce qu'il lui a dit de ses projets d'écriture, combien il s'est embrouillé, et qu'il a parlé en se servant de clichés dans un amoncellement sentencieux.

« Il y a des pommes au four, proposa-t-elle en dessert.

– Bien sûr que j'en veux. »

Lorsque Ernest dit « Bien sûr que j'en veux », cela signifie que le nuage qui a assombri sa matinée s'est dissipé, qu'il se sent mieux, et que bientôt il va lui raconter quelque chose qui lui est arrivé. Et en effet, il commença aussitôt : « Aujourd'hui j'ai vu le professeur Strauber qu'un homme grand et robuste aidait à marcher. Je me suis approché de lui et me suis présenté. Il m'a regardé, ahuri, et ne s'est pas souvenu de moi. Le professeur Strauber était l'autorité suprême en matière de romantisme allemand. Je me suis de nouveau présenté, mais il m'a ignoré, a levé les yeux vers l'homme robuste qui l'accompagnait, comme s'il lui demandait l'autorisation de me parler. Cet homme, qui il y a peu était le prince des érudits au même titre que Gershom Scholem, marche à présent dans la rue où il a marché pendant trente ans sans savoir dans quel monde il vit. Pendant longtemps il s'est efforcé d'apprendre l'hébreu, mais cet homme intelligent et travailleur, qui maîtrisait le grec et le latin et parlait couramment l'allemand, le français, l'italien et l'espagnol, n'était pas capable d'apprendre l'hébreu. Chacune de ses phrases était ridicule et bourrée de fautes. Il y a seulement deux ans, il marchait dans la rue Ramban, un homme en bonne santé, optimiste, en proclamant : "Ne vous moquez pas de moi, dans quelques années je parlerai l'hébreu comme les descendants de la deuxième alya à Petah Tikva." À présent, un homme grand et robuste l'aide à marcher comme s'il était une ombre. Bientôt, moi aussi je serai comme lui.

– Vous vous trompez », le coupa Iréna.

Ernest sourit. Iréna aime beaucoup ce sourire. Ce n'est pas un sourire de faiblesse ou de supériorité mais celui d'une réconciliation secrète. Lorsque Ernest parvient à être proche de ses sensations, il est rempli d'une joie intérieure, on le voit à ses lèvres. Il y a quelques jours, il lui a pris la main et y a déposé un baiser. Depuis, elle le sent plus encore en elle.

21

L'hiver se fit plus rude encore. Iréna acheta un chauffage électrique pour servir d'appoint dans le bureau d'Ernest aux heures où le chauffage collectif ne fonctionnait pas. La situation financière d'Ernest est plutôt bonne. Tous les quelques mois, il augmente le salaire d'Iréna, et pour les fêtes il lui achète une écharpe en soie ou un bijou. Pour Hanoukkah, il lui a offert un pendentif et des boucles d'oreilles. « Pourquoi dépenser tant d'argent ? avait-elle protesté.

– Tu les mérites », avait brièvement répondu Ernest.

Elle garde les présents dans un tiroir et les porte lors de jours particuliers. Secrètement, elle est très fière de ces beaux atours, et la nuit, lorsqu'elle a des insomnies, elle les sort du tiroir, les étale sur la table et les contemple.

Ernest a repris son travail nocturne. C'est étrange, je suis à Jérusalem et j'écris en allemand, s'étonne-t-il parfois. Il y a des années de cela, un éditeur grossier lui avait demandé : « Pourquoi n'écrirais-tu pas en hébreu ? » Ernest, qui avait alors quarante-cinq ans et était au plus fort d'un combat désespéré, avait répondu par une longue lettre détaillée dans laquelle il expliquait son rapport ambivalent à la langue allemande et aux coups de griffe qu'elle lui infligeait chaque jour. « Et pourtant, avait-il ajouté, c'est ma langue maternelle, c'est dans cette langue que j'ai parlé avec mes parents, dans cette langue que j'ai lu mes premiers livres, et je ne peux écrire que dans cette langue.»

Au fond de lui, il était jaloux de tous ceux auxquels le destin avait fait don de la langue juive ancienne dont les racines recèlent l'essence juive première. Pour lui, comme pour Else Lasker-Schüler, l'hébreu est le mont Nebo qu'il n'atteindra jamais, et pourtant il ne se passe pas un jour sans qu'il lise un chapitre de la Bible ou de la littérature hassidique. Certains jours l'encens qui émane de ces livres l'enivre. Parfois, après la lecture d'un chapitre biblique, il s'assied et pleure comme un enfant.

Un soir, juste avant qu'Iréna quitte la maison, Ernest se tourna vers elle: «Je voudrais te dire quelque chose.

– Quoi ? fit-elle, tendue.

– Ne t'affole pas, je veux faire de toi mon héritière.

– Moi ? dit-elle avec un mouvement de recul.

– Personne ne m'est plus proche que toi.

– Je ne comprends pas, et d'ailleurs, pourquoi penser à la mort ? demanda-t-elle, mélangeant les deux sujets.

– On ne doit pas penser à la mort mais je... Enfin, tu sais.

– Tu vas vivre encore longtemps.

– C'est vrai. Et pourtant... »

Elle prit l'expression d'un enfant têtu:

«C'est impossible.

– Nous en reparlerons. Il n'y a pas de raison d'avoir peur. C'est simplement plus que ce que tu imagines.»

Iréna se couvrit le visage des mains et Ernest renonça à poursuivre.

Iréna dormit mal cette nuit-là. Des lambeaux de pensées et de visions avaient envahi son esprit. Les conversations brèves sur le pas de la porte lui avaient toujours fait peur, et à présent c'était comme si la peur était sortie de l'obscurité et lui montrait une autre réalité. Si Dieu lui avait donné plus de mots, elle aurait pu demander à Ernest: Ne me confie pas des missions au-delà de mes forces.

Toute la nuit elle élabora les phrases qu'elle lui dirait le lendemain, et finalement elle décida de déclarer : Je suis une femme sans éducation. Même l'hébreu je l'écris avec des fautes. Je suis prête à faire n'importe quel travail manuel, mais ne me confie pas des missions au-delà de mes forces. Je suis à peine allée jusqu'à la fin de la seconde.

Mais lorsqu'elle revint le lendemain et trouva Ernest vêtu de son costume gris, assis dans le fauteuil et lisant un livre, toutes les peurs qui l'avaient assaillie la nuit se dissipèrent. Ernest prit son petit déjeuner et alla au café. Elle respira. Il lui semblait que ce qui s'était passé la veille n'était qu'un cauchemar, et que la réalité avait repris le pas et tout effacé.

Longtemps elle resta assise à la table et s'imagina le combat d'Ernest la nuit. Sa vie et son écriture étaient devenues ces derniers temps une seule et même chose. Certains jours les mots lui obéissaient, certains autres il en perdait le contrôle. Lorsqu'elle était témoin de sa chute, elle avait envie de dire à voix haute : La mort est une illusion, un leurre, sois sans crainte, nous serons toujours ensemble. Il y avait des jours où quelque chose de sa mère, ou de ses grands-parents peut-être, la remplissait, d'autres mots lui venaient et elle se sentait forte.

À son retour du café, Ernest est plus grand. Ce qu'il voit sur son chemin l'émeut. S'il entend en chemin un mot rare ou un proverbe, il est aussi heureux que s'il avait trouvé une pierre précieuse.

« Aujourd'hui j'ai préparé un repas léger, annonça Iréna.

– Moi, dit Ernest, j'aime les repas légers. Tout ce que tu prépares est bon et léger.

– Aujourd'hui, ce sont des beignets de courgettes.

– Comme il fut dit : Le Juste connaît l'âme de son bétail. »

22

Cette nuit-là, de mauvais rêves agitèrent le sommeil d'Iréna. Elle se leva plusieurs fois et resta debout près de la fenêtre, attendant l'aube. Il lui semblait que, depuis qu'elle avait oublié d'aller au cimetière pour l'anniversaire de la mort de sa mère, de mauvais esprits la tourmentaient.

Comme dans chaque moment de détresse, elle se tourna vers les deux modestes albums que lui avaient laissés ses parents. Elle aimait particulièrement les photos prises à l'étranger, qui avaient échappé à la destruction. Ses parents ne lui parlaient pas beaucoup de la guerre. Avant sa mort, le père ouvrait l'album et racontait. Chaque photo est en elle-même un monde : la section de l'Hashomer Hatsaïr, le château abandonné du comte Potocki, la rivière qui traversait le village, la grande église peinte en vert, la synagogue en bois, et parmi eux les grands-parents, robustes, des Juifs qui travaillaient la terre, craignaient Dieu et ressemblaient physiquement à des paysans ukrainiens. Parfois il lui semblait qu'elle aussi avait été dans leur maison, avait mangé à leur table et travaillé dans leurs champs. Chaque fois que des mauvaises visions l'étreignent elle se dit : Je ne dois pas m'y plonger, j'ai un rôle et je dois être sur le pont, mais qu'y peut-elle si les demandes d'Ernest l'étonnent et la bouleversent ? Lorsqu'il se tient sur le pas de la porte et dit « Que voulais-je dire ? », la peur des mots à venir lui donne le vertige.

Ce matin aussi, avant de sortir de la maison, il lui avait fait mal en revenant sur ses pas et en lui disant que, s'il lui arrivait quoi que ce soit, elle devait brûler ses écrits.

« Je ne peux pas endosser ce rôle, avait-elle osé cette fois.

– Si tu ne me le promets pas, je les brûlerai moi-même. »

Elle avait levé la tête.

« Ne fais pas cela.

– Je ne veux pas que des yeux étrangers furètent dans mes écrits.

– Grand Dieu ! » s'était-elle exclamée, sans vraiment savoir ce qu'elle disait.

Lorsque Ernest est hors de la maison, Iréna s'absorbe dans le travail et essaie de chasser les peurs de son esprit. Elle sait que, vu l'état d'Ernest, elle devrait ne pas le contrarier et lui répondre : Je brûlerai tout, ne serait-ce que pour te soulager. Mais cela lui est difficile. Sa mère lui disait qu'au nom de la conciliation, et pour éviter de causer de la peine, on était parfois obligé d'omettre quelque chose, et même de mentir. Dire la vérité est parfois plus dur que mentir. Iréna aimait sa mère et elle aimait entendre sa voix. Mais elle n'avait pas appris d'elle l'intelligence de la vie.

Ernest revint du café, arborant un sourire ironique. Une des maisons d'édition du pays a décidé de publier un recueil de textes choisis, pas gratuitement, bien sûr, il doit trouver trois mille dollars pour participer aux frais d'édition. Ses manuscrits sont passés d'un éditeur à l'autre pendant des années, et à présent, alors qu'est enfin arrivé le temps de la publication, il n'est pas satisfait de son écriture. De longues années, en fait depuis sa jeunesse, il a aspiré à raconter l'histoire de l'homme tel qu'en lui-même. Les origines lui semblaient un sujet réducteur et provincial. Désormais, il sait que la littérature commence avec le puits au-dessus duquel on s'est penché enfant, la peur noire qui vous a étreint à la vue de sa profondeur, avec le chiot qu'on a caressé et dont il s'est avéré qu'il avait la rage, puis avec la course vers la clinique bondée de gens effrayés, d'enfants qui braillent, le médecin qui tient dans sa main une grande seringue, découvre le ventre tremblant et y plante l'aiguille. La mère n'est pas moins effrayée que l'enfant. De là il aurait dû partir, des petites niches enfouies sous la pluie d'automne, de la mère, du père. S'il était parti de ce point, il aurait eu une autre vie.

Un instant il réfléchit à ce qu'il va dire à Iréna. Parfois il lui semble qu'elle comprend les souffrances de son écriture aussi bien que celles de son corps, il désire s'asseoir près d'elle et tout lui raconter en détail, mais il y a des jours où le doute l'envahit, et il préfère ne pas la mêler à ses hésitations.

« Qu'est-il arrivé ? » demande Iréna en voyant Ernest ébranlé.

Il ne lui cache pas la vérité :

« On a décidé de publier ici quelques-unes de mes nouvelles.

– C'est bien, n'est-ce pas ?

– Je ne sais pas », dit-il pour clore la conversation, et il ne donne pas plus d'explications.

Iréna n'aime pas être un poids. Lorsque Ernest se tait, elle se retire dans la cuisine et le laisse assis dans son fauteuil. Il lui est pénible d'assister à ses luttes quotidiennes. Non seulement il est tenu d'avaler neuf comprimés par jour, mais il y ajoute les dilemmes de l'écriture. Ernest, il faut le reconnaître, fait face à ses tourments. Il prend soin de son apparence vestimentaire, sort chaque jour en promenade, et son regard n'exprime pas ses souffrances.

Ernest est alerte et s'intéresse à tout ce qui se passe

autour de lui, dans les domaines de la culture et de l'économie. Elle ne comprend rien à l'économie. La culture locale, manifestement, n'a pas conquis Ernest. Les réfugiés ne se préoccupent pas de valeurs esthétiques, ni d'ouverture d'esprit. Les réfugiés demeurent réfugiés, même s'ils sont devenus agriculteurs, patrons d'usine ou professeurs à l'Université. Bref, il y a ici une culture de déraciné, une culture facile. De la politique sous un masque littéraire ou théâtral.

Lorsqu'il avait exprimé son opinion en présence de l'un des directeurs de la société d'investissement, ce dernier l'avait aussitôt contredit :

« Un peuple nouveau vit ici.

– En quoi est-il nouveau ?

– Y a-t-il vraiment besoin d'explications ? »

Iréna écoute et essaie de descendre au fond de sa pensée. Elle voit Ernest lutter jour et nuit, il enferme son âme dans les longues pages posées sur son bureau. Pourquoi ne te reposerais-tu pas de ton écriture ? voudrait-elle lui dire chaque fois qu'elle voit son visage épuisé.

Cette nuit-là, il écrivit une lettre à l'éditeur. « Je ne vous cacherai pas que mes nouvelles sont mauvaises à mes yeux. Je remercie le ciel que vous ayez retardé leur publication. J'aurais beaucoup regretté qu'elles soient publiées. » Il voulut lire la lettre à Iréna, mais finalement il décida de ne pas l'importuner. Il mit la lettre dans une enveloppe et se sentit aussitôt soulagé.

23

Pour Pourim, Iréna prépara une assiette d'*ozné aman* et de fruits secs.

« En quel honneur ? s'étonna Ernest.

– En l'honneur de Pourim.

– C'est bien que tu me rappelles la fête.

– Ma mère avait l'habitude de préparer les assiettes de douceurs, et c'est moi qui les apportais aux voisins.

– Vous n'aviez pas de famille ?

– Nous avions juste un cousin à Bneï-Braq. Il est mort. »

Il avait déjà remarqué que chaque fois qu'elle parlait elle dévoilait un nouveau détail brûlant de sa vie.

À la fin du repas elle lui servit un verre de thé. Ernest goûta un gâteau et dit : « C'est très bon. Ça me rappelle ceux que préparait ma mère pour Pourim. »

Elle ne peut se représenter les parents d'Ernest. Ils lui apparaissent comme des êtres qui ont été arrachés d'un endroit sans être plantés ailleurs, et ce malheur l'accompagne partout. Une fois, elle avait vu en rêve le père d'Ernest marmonnant, étendu sur le canapé. Il semblait énumérer ses fautes. La mère s'était dirigée vers le canapé, s'était agenouillée et avait dit : « Il n'y a pas eu et il n'a pas été créé autre chose que ce qui fut. » Ces mots impressionnèrent le père et il cessa de marmonner.

Un jour, elle prit son courage à deux mains et demanda : « Ta mère était fidèle à la tradition ?

– Ma mère était attachée à la tradition de ses pères et elle avait un lien avec quelques institutions religieuses, mais je ne comprenais rien à sa vie. Elle était enfermée en elle-même. Je me souviens de son visage et de ses yeux, mais pas de ses mains. Même lorsque j'ai quitté la maison, et qu'elle a appris que je rejoignais le Parti, elle n'a pas dit un mot. Quand j'étais enfant, je lui avais demandé : « Maman, pourquoi ne parles-tu pas ? » Ma question avait fait apparaître une ride de tristesse sur son visage. Je n'ai pas compris mes parents, ni leur vie, ni leur combat avec eux-mêmes et avec leur Dieu. Je vivais dans un monde de grandes phrases, de noir et de blanc, de régénération de l'humanité, mais le malheur de mes parents, je ne le voyais pas. »

Avant qu'elle parte, il demanda à Iréna un verre de cognac et lui proposa de boire avec lui. Iréna versa deux verres et ils trinquèrent. À présent, remarqua-t-elle, la corbeille à papier était pleine de feuilles déchirées ; il avait jeté le matin tout ce qu'il avait écrit pendant la nuit.

La lutte d'Ernest s'infiltre en elle. Parfois son combat lui semble désespéré. Il lui arrive d'évoquer les années qu'il a perdues, les résultats médiocres qu'il a obtenus, mais parfois elle sent qu'il y a une force dans son désespoir. Il lutte la nuit contre une entité beaucoup plus puissante que lui, et par moments il prend le dessus sur elle. Le regard perçant qu'il a le matin n'est pas un renoncement mais le signe d'une volonté de fer. Une fois il lui a dit : « La vie est si pleine, si pleine de contradictions, je ne les comprendrai jamais, mais je veux les décrire. »

Un jour, elle avait osé lui demander : « Tu crois en Dieu ?

– Oui, dans le Dieu de mes pères. Ça m'a pris des années. Dans ma jeunesse le mot "Dieu" me faisait fuir. »

Il est difficile pour Iréna de comprendre toutes ses pensées. Elles lui semblent élevées et inaccessibles.

Elle envisage Dieu comme dans son enfance. Un jour, sa mère lui a dit : « Dieu réside en tout lieu. » Depuis qu'elle lui a dit cela, elle imagine Dieu résidant dans les pêchers qui fleurissent au printemps, ou dans les dattiers le long de la route. Mais elle sent particulièrement la présence de Dieu le shabbat et les jours de fête. Elle se dépense beaucoup pour préparer la maison à recevoir le shabbat et la fête. Assise le vendredi soir près de la table, elle sent toute la lumière qui l'enveloppe et elle prie en son cœur afin que Dieu éclaire le visage d'Ernest et lui révèle comment combattre le monstre obscur qui s'acharne à le tourmenter.

Il y a une semaine, Ernest s'est senti mal et le médecin lui a ordonné de garder le lit quelques jours. Il respecta son indication et, un soir, il dit à Iréna : « Tu ne sais pas comme il est bon d'être couché dans un lit et de ne rien faire. Fermer les yeux et ne penser à rien. » Iréna fut effrayée par ses paroles. Elles semblaient dictées par la fatigue et le désir de ne plus lutter. Elle se trompait. C'était un instant de détente où il était libéré de son angoisse. Le travail de nuit l'épuisait. Son corps sortait affaibli d'une nuit à la recherche de mots, à la recherche d'un rythme. Le toucher juste des mots faisait parfois naître une mélodie, mais généralement les mots étaient comme du gravier et, quel que fût le travail, il était impossible de modifier leur forme. Et soudain il s'était senti libéré de tout ce poids. Le corps et l'âme enfin détachés l'un de l'autre.

Au fil des jours, Iréna a élaboré des stratagèmes pour le tirer de sa morosité. L'un d'entre eux est des *blintches* fourrés au fromage blanc et aux raisins secs. Elle se leva aussitôt et annonça : « Je prépare des *blintches*.

– Maintenant ?

– Tout de suite. »

Iréna aime la façon qu'a Ernest de se tenir assis après

le repas. Une lumière brille sur son visage et elle se sent très proche de lui. Plus d'une fois à cette heure il lui avait révélé un pan de sa vie. Un jour il lui avait raconté son service militaire dans l'armée rouge, les chevaux qui l'avaient porté dans les plaines d'Ukraine, le camp des combattants, le désir de vivre, puissant, qui animait tout son régiment. Il s'était dirigé vers la commode, en avait sorti une petite boîte et lui avait montré toutes les médailles qu'on lui avait remises. « J'aimais les soldats et ils m'aimaient », avait-il dit, et le souvenir lointain avait recouvert son visage.

24

En février, une neige drue tomba et Ernest ne mit pas le pied dehors. Il s'entêta quelques fois à vouloir sortir mais Iréna le persuada que les routes étaient gelées, les vents forts, et que l'on pouvait facilement trébucher.

« Rester trop longtemps à la maison obscurcit la pensée.

– Qu'y puis-je ?

– Me permettre de sortir. »

En entendant cette phrase, elle éclata en sanglots.

« Iréna, qu'as-tu, c'était une pure provocation.

– Pardon.

– Tu n'as pas à demander pardon. C'est à moi de le faire. Tu ne veux que mon bien et moi, au lieu de te remercier, je t'importune. »

La simplicité d'Iréna le ravissait toujours. Le 16 février elle eut trente-trois ans et, pour l'occasion, Ernest souhaita l'inviter au restaurant mais le temps était sinistre et froid, et ils fêtèrent l'anniversaire à la maison.

Ernest alluma deux bougies et lui tendit un cadeau : un pendentif incrusté de pierres précieuses.

« Tu dépenses trop pour moi, dit-elle.

– Ce n'est rien.

– C'est très cher. »

Cette fois Iréna avait préparé un poisson grillé et des légumes. Lorsqu'elle est assise près de lui, Ernest a envie de la questionner sur sa vie, sur la vie de ses parents, et sur le village d'où ils venaient.

Ce même soir de l'anniversaire d'Iréna, il osa dire: « Iréna, tu me rends mes parents. Je me suis séparé d'eux avec une hâte criminelle.

– Je ne comprends pas.

– Tu as gardé tes parents en toi.

– Et alors ?

– Il y a en toi tous les gestes d'un être qui a eu des parents.

– Je ne vais pas à la synagogue », dit-elle curieusement.

Iréna est heureuse lorsque Ernest est satisfait du repas et la remercie, mais l'ordre qu'il lui a donné, s'il lui arrivait quelque chose, de brûler les manuscrits et d'hériter de sa maison et de sa bibliothèque, cet ordre lui fait peur. Les cauchemars ne la laissent pas en paix la nuit. Je ne peux pas les brûler. Ordonne-moi de laver le sol ou de récurer les éviers, mais ne m'ordonne pas de les brûler, voudrait-elle dire à voix haute.

Quand un cauchemar l'assaille la nuit, elle se lève, se prépare une tasse de café et feuillette les livres de souvenirs que ses parents lui ont laissés. Lorsqu'elle s'y plonge, il lui semble qu'elle aussi a été dans leur village, s'y est préparée pour la venue du shabbat et des fêtes, s'est assise sur le banc de bois à l'entrée de la chaumière, et que, lors de Rosh Hashanah, elle est allée avec les autres à la rivière pour y jeter les fautes et exécuter ainsi le commandement *tashlih*.

Dieu, préserve-moi de la peur, prie-t-elle parfois. La nuit dernière, Ernest lui était apparu en rêve, vêtu de son beau costume, et il lui avait brutalement demandé de brûler ses manuscrits. Elle avait eu si peur qu'elle s'était écriée: « Ce sera comme tu l'ordonnes, maître », et elle était tombée à genoux.

Ensuite le rêve s'était modifié. Ernest se tenait près

de la porte, serrait sa main et la pressait sur son corps. Iréna aime son grand corps et l'odeur délicate qui en émane. Cette fois, elle n'avait pu se retenir et avait dit : « Je veux être avec toi pour toujours.

– Cela ne fait aucun doute, avait répondu Ernest avec amabilité. Mais à un moment, nous devrons nous séparer, pour un temps.

– Je refuse, avait-elle dit avec une conviction qui avait stupéfié Ernest.

– Alors, nous agirons selon tes désirs », avait-il dit en la soulevant de ses deux bras.

25

Ernest écrit la nuit et ne déchire pas les feuilles. Lorsque la pile de feuilles s'élève sur son bureau et qu'il est satisfait, Iréna pense qu'il recommencera bientôt à la soulever, et qu'elle partira avec lui vers d'autres mondes. Tantôt c'est une forêt touffue, tantôt c'est l'une des grandes forêts dans lesquelles il a vécu adolescent. Il parle peu de la guerre. Iréna sait que ses parents, sa femme et sa fille Hilga ont disparu sur les rives du Boug. Quelquefois il lui semble qu'elle les a bien connus et qu'elle a joué avec Hilga.

Mais de sa deuxième femme, Sylvia Gross, il parle toujours avec une fureur contrôlée. Une fois il n'avait pu se retenir et avait dit : « Deux monstres se sont trouvés sur mon chemin en ce pays : la société d'investissement et Sylvia Gross. Je ne sais pas lequel des deux m'a nui le plus. »

Ernest est expressif, même son silence a une expression courroucée. Il y a quelques jours, il lui a dit : « Je n'ai pas peur de la mort, mais la flétrissure me révulse. Un homme doit disparaître discrètement, sans gêner personne. Une mort lente est une malédiction. Si je savais prier, je prierais pour une mort rapide. » Ernest dit parfois « Si je savais prier ». Pourquoi dit-il « Si je savais » ? En quoi prier est-il difficile ?

Il y a deux jours, elle a fait un rêve long et limpide. Elle voyait Ernest de loin, se tenant le genou, essayant de calmer une douleur. Plus elle avançait, plus son erreur se révélait. Ernest ne souffrait pas, il portait des vêtements de cérémonie et marchait d'un pas décidé vers l'entrée du château.

« Iréna, lui dit-il lorsqu'il la vit sur le trottoir, pourquoi restes-tu à l'écart, pourquoi ne te joindrais-tu pas à la cérémonie ?

– Je préfère rester ici, d'ici aussi on peut voir.

– Mais tu ne pourras pas voir la cérémonie à l'intérieur du château.

– Je l'entendrai dans les haut-parleurs.

– Mais tu es obligée d'être près de moi. Je veux te transmettre tous les documents. »

Iréna prit peur et dit : « Je ne veux rien recevoir. J'ai reçu tant et plus. Je n'ai besoin de rien. »

Ernest baissa la tête et dit avec douceur : « C'est une transmission facile, beaucoup plus facile que ce que tu imagines. » L'orchestre commença aussitôt à jouer.

Iréna s'éveilla de son rêve et voulut aller immédiatement chez Ernest, mais il était tôt et elle se prépara une tasse de café. Depuis qu'Ernest lui avait dit ce qu'il lui avait dit, les cauchemars ne la laissaient pas en paix. Ils revenaient régulièrement, dans un mélange de fête et de menace.

Elle voulait arriver tôt et finalement elle arriva en retard.

« Je commençais à m'inquiéter pour toi, dit Ernest en l'accueillant. Tu es toujours en avance.

– Pardon.

– De quoi ? »

Ce matin-là, Ernest était enjoué et, après le petit déjeuner, il mit quelques feuillets dans la poche de sa veste et partit au café. Iréna comprit que cette fois il s'installerait au café et prendrait des notes. « Les pensées m'échappent », se plaint-il parfois. Lorsqu'il est de bonne humeur, il parle de lui à la troisième personne et dit : « Ernest est un idiot. Il suppose que, s'il met sa veste, elle le rajeunira. Il pense qu'on peut faire disparaître les années. Les années se voient dans chaque pas et dans chaque ride. » Et parfois, pour taquiner Iréna lorsqu'elle lui parle à la troisième personne, il dit : « Qui est cet "il" auquel tu t'adresses ? Il n'y a qu'un Il, dans le ciel. Ernest est fait de chair et de sang et on doit le tutoyer. » Iréna comprend ce qu'il dit, mais il lui est difficile de le tutoyer toujours.

Ce jour-là était clair et agréable. Ernest sortit joyeux et revint joyeux. Iréna prépara le déjeuner, à quatre heures elle lui servit le thé et rentra chez elle.

Tout au long de la route elle se répéta : Ernest est content de ce qu'il écrit, et c'est pour cela qu'il est de bonne humeur. Arrivée chez elle, elle alluma aussitôt deux bougies de couleur, en signe de remerciement. Elle resta assise longtemps, contemplant les bougies allumées. Elle vit devant elle Ernest penché sur ses papiers, et la gratitude l'enveloppa. Cette nuit-là elle se doucha tôt, se coucha tôt, sa nuit fut claire et sans tache.

Mais la nuit chez Ernest ne se déroula pas comme à l'accoutumée. Après minuit, des cambrioleurs enfoncèrent la porte de sa maison, le ligotèrent et le bâillonnèrent avec du sparadrap. Ernest tenta de s'opposer à eux et en fit les frais : les cambrioleurs l'assommèrent. Lorsque Iréna arriva le matin – et elle arriva plus tôt que d'habitude –, elle fut horrifiée. La porte était défoncée, les papiers éparpillés, et dans la chambre du fond Ernest était étendu, sans forces, le visage blanc comme de la chaux. Elle s'empressa d'ôter le sparadrap de sa bouche, de dénouer les cordes qui entravaient ses mains et ses jambes, et d'une voix qui n'était pas la sienne elle appela : « Ernest. »

Ernest ouvrit les yeux mais ne put parler. Elle aspergea son visage et appela un médecin. Le médecin vint, et après lui la police, et la maison qui avait connu le silence et les combats souterrains fut ouverte à tout vent. Des détectives fouillèrent les moindres recoins et l'officier tenta en vain d'arracher un mot à Ernest.

Le médecin donna l'ordre d'appeler une ambulance et de transférer sans tarder Ernest à l'hôpital. Iréna l'accompagna. À midi, les radios montraient déjà les blessures : une fracture à la jambe droite et deux côtes fêlées.

Plus tard, on demanda de nouveau à Ernest : « De quoi vous souvenez-vous ? »

Il haussa les épaules. « De rien. »

Iréna ne quitta pas son chevet. Il était à présent à ses yeux tel un soldat blessé revenu du front.

Elle savait que, compte tenu de son passé communiste, on l'avait affecté à un stage intensif d'officier et qu'à la fin de ce stage il avait été envoyé au front. Son service dura un an et il se distingua. Une fois il lui avait dit : « Dommage que je n'aie pas continué à servir dans l'armée. C'était un combat sain. Tout autre combat est un combat contre soi-même. »

Ernest eut mal, il demanda un calmant. On lui fit une piqûre, et il sombra dans un profond sommeil. Il semblait à Iréna que, s'il s'éveillait tout à coup, il se mettrait à lui raconter la guerre, le front, et la batterie de canons qui pilonnait sans répit le quartier général allemand.

26

La convalescence fut longue. Iréna ne quittait pas son chevet, y compris la nuit. C'est en vain qu'il lui demandait : « Va te reposer. » Son dévouement était un mélange de calme et de patience. Elle ne le quittait pas des yeux et elle était attentive à sa respiration. Les comprimés et les piqûres apaisaient ses douleurs pour deux ou trois heures, mais elles revenaient après minuit et le réveillaient. Iréna s'empressait de lui donner un comprimé et, s'il ne faisait aucun effet, elle demandait à l'infirmière d'injecter un calmant. Étrangement, Iréna imaginait son sommeil comme un combat contre cette créature avec laquelle il luttait la nuit, à son bureau.

Après une semaine de sommeil ininterrompu, il se réveilla. Son visage était encore pâle et ses mâchoires affaissées, mais l'éclat de vivacité était revenu dans ses yeux. Il demanda à sortir du lit. Iréna lui tendit des béquilles, il s'agrippa à elles, se redressa et se mit debout. « Encore un essai », dit-il, et il commença à se diriger vers la salle de bains.

Il ne se souvenait toujours pas de ce qui lui était arrivé. Iréna lui apprit que des cambrioleurs avaient fait irruption dans la maison, avaient volé un portefeuille et une montre.

« Et ils n'ont pas touché à mes livres et mes manuscrits ?

– Ils n'y ont pas touché, ils les ont juste éparpillés.

– Un vrai cambriolage », dit-il avec un rire sarcastique.

C'est intéressant, pensa Iréna. S'il est important pour lui de savoir que ses manuscrits n'ont pas été volés, cela signifie qu'il leur accorde de l'intérêt. Pourquoi lui avait-il ordonné de les brûler ?

Bien des pensées effleuraient son esprit mais son dévouement ne faiblissait pas un instant. Elle se consacrait entièrement à Ernest. L'éclat dans ses yeux était revenu, mais ses pensées étaient encore dispersées et passaient du coq à l'âne. Une nuit, il lui raconta de nouveau son service militaire dans l'armée rouge. Elle avait déjà remarqué qu'Ernest ne racontait pas une histoire en une seule fois. Il préparait d'abord le cœur à écouter, plantait le décor, puis peu à peu y installait les scènes.

« J'ai été un an et demi au front. Ce furent des jours merveilleux. J'aimais les soldats et les soldats m'aimaient. Des hommes difficiles au quotidien, des ivrognes pour la plupart, qui adoraient également Staline et Jésus. Ils avaient la tête farcie d'un mélange de propagande communiste et de croyances que leurs mères leur avaient transmises en cachette. J'ai passé un an et demi avec eux, d'Ukraine jusqu'à Berlin, avec le sentiment que nous étions en train de décapiter le monstre pervers qui s'étendait sur Stalingrad et qui voulait, à partir de là, envahir la Russie tout entière. Nos canons tonnaient, les tanks fonçaient, et le sentiment de destruction nous entraînait et nous donnait des ailes. Chacun de nous, juif ou non-juif, était atteint. Untel avait perdu sa mère, un autre son frère. L'esprit de vengeance brûlait en nous et nous faisait avancer, nous poussait en avant. On nous surnommait les “panthères de fer”, et c'est ce que nous étions.

« En ces jours merveilleux, nous oubliions les crimes communistes, et nous étions tous unis dans le même but : éliminer la bête immonde. Après la prise d'un village, d'une bourgade ou d'une gare, nous faisions la fête, buvions jusqu'à l'ivresse. Nous avions ordre de piller et les beuveries étaient fréquentes. Les femmes étaient violées dans les maisons et dans les cours, mais nous avions surtout le sentiment de découper le serpent en morceaux, et c'était en effet ce que nous faisions.

« Mais ensuite, à la fin de la guerre, sur les rivages dorés de Naples, en route pour Israël, j'ai perdu ma volonté de fer, et c'est alors que se sont immiscés en moi les premiers signes de désespoir. Au début je ne savais pas que c'était du désespoir. Il me semblait que les réfugiés étaient désespérés, mais pas moi. »

Ernest raconta et au bout d'une demi-heure il sombra dans la somnolence. Lorsqu'il se repose sur l'oreiller, la détermination se lit encore sur son visage. Iréna prie pour qu'il guérisse, qu'il retourne à son bureau et à ses merveilleuses habitudes. À l'un de ses réveils il lui a dit : « Je n'ai pas compris alors que c'était le commencement de la lutte.

– Une lutte pour quoi ? essaya-t-elle de savoir.

– Pour nettoyer l'esprit, et pour une vie qui ait un sens. »

Il somnole la majeure partie de la journée. Une fois, il a laissé s'échapper des phrases longues, compliquées et incompréhensibles. Une fois il a élevé la voix et crié : « Nous allons achever le serpent, qu'il en soit ainsi ! » Iréna avait pris peur et s'était approchée de lui. Son sommeil était à présent dense comme celui d'un homme d'armes. Bientôt on allait le réveiller, ou il s'éveillerait de lui-même. Sans tarder, il revêtirait son uniforme et irait rejoindre son unité. Et l'unité serait déjà en rangs par trois, prête à recevoir ses ordres.

27

Il y a une semaine, on aurait dit qu'Ernest guérirait en quelques jours. Ce n'était, en fait, que le souhait d'Iréna. Ernest se tord de douleur et son cœur ne bat plus comme auparavant, mais entre deux souffrances il discute avec Iréna. La plupart du temps, Ernest parle et Iréna écoute. Parfois elle pose une question sur un mot ou une expression. Ernest à l'hôpital est un autre Ernest. À présent, on voit qu'il a été officier dans l'armée rouge. Ses douleurs sont aiguës mais il ne se plaint pas. Il plaisante sur ses souffrances, et les appelle des souffrances dérangeantes, qui non seulement lui interdisent tout mouvement mais l'obligent à s'occuper de son corps et contraignent les autres à s'occuper de lui. Un homme doit être autonome et ne pas mobiliser une équipe entière autour de lui. S'il savait combien Iréna brûle de l'aider, il ne qualifierait pas ce qu'elle fait de « dérangement ». Une infirmière qui avait remarqué le dévouement d'Iréna demanda : « C'est votre fille ? »

Ernest ne se troubla pas et demanda en retour : « Elle me ressemble ?

– Beaucoup.

– Dans ce cas, c'est ma fille. »

Un soir, comme ses douleurs le laissaient en paix, il parla de nouveau de ses parents. « Il me semblait alors, dit-il, que c'était à qui se tairait le plus. Je possédais en ce temps-là des mots en abondance, les mots des livres que j'avais lus, et les mots que le Parti m'avait fait avaler par la suite. Lorsque j'ouvrais la bouche pour parler, ils restaient tous deux figés, se demandant où j'avais appris tant de mots. Je ne comprenais pas la nature de leur silence et cela me rendait fou. Je pensais que seul celui qui établit des faits, les détaille et les explique est digne de faire partie de la famille humaine, les autres étant des ignares qu'il fallait guider et éduquer. J'admirais les gens loquaces, les gens qui possédaient une théorie, qui savaient ce qui est bien et ce qui est mal. Je considérais le bégaiement comme une tare. J'étais persuadé que viendrait le jour où l'on enverrait tous les bègues dans des écoles spécialisées afin de les guérir. Durant des mois entiers j'ignorai mes parents, comme s'ils n'existaient pas. Ils n'osaient pas chercher à savoir ce que je faisais, ou ce que je comptais faire. Dans leur silence je voyais un immobilisme agaçant et une soumission. Je fus heureux le jour où je quittai la maison. Lorsque je venais leur rendre visite, ma mère fourrait dans ma poche un billet ou deux et je ressentais toujours un pincement, comme si je dérobais leur esprit, ou les volais.

« Je détestais leur passivité. “Un client est quelqu'un qu'il faut convaincre, répétait le voisin, qui leur prodiguait des conseils. Un client n'achète que si on le convainc, si on lui fait des démonstrations, si on le persuade que la marchandise est bonne. Sans persuasion, il n'y a pas de vente. – C'est vrai”, répondait mon père, sans rien changer pour autant à ses habitudes. Mes parents étaient tous deux silencieux, mais il y avait également en eux une répulsion face au zèle, à une trop grande implication. Je ne comprenais pas leur attitude crispée, leur façon de marcher sur la pointe des pieds, d'être sur le qui-vive. Il me semblait que tout chez eux découlait de la peur, d'une ignorance continue et figée, de l'indifférence aux grandes croyances et au bien de la communauté. Je ne voyais que la misère. Je compris seulement plus tard que mes parents portaient en eux un héritage ancien qui avait été décapité. Ils ne le savaient peut-être pas eux-mêmes, mais toute leur attitude exprimait une noblesse qui s'était appauvrie et avait perdu de sa splendeur. Ce n'est que plus tard, en fait ces derniers mois, que j'ai pu me représenter leur silence très précisément. Seule une vieille noblesse se tait ainsi, seules des générations qui se sont exercées au silence se taisent ainsi. Ils avaient le sentiment que la vie est courte, incompréhensible et laide, et que la parole n'ajoute rien à la compréhension.

« Il est vrai qu'ils avaient perdu le silence actif de leurs parents, ce silence qui est prière, et lien au Dieu des pères. Il ne leur restait qu'un silence stérile, sans connotation avec les cieux, un noble désespoir. »

Ernest se tut et Iréna comprit que, cette fois, il lui avait révélé une douleur qu'il lui avait jusque-là dissimulée.

Plus tard il ajouta : « Ils voulaient me donner leur âme, et toutes leurs forces aussi, mais je n'ai rien su recevoir d'eux. »

28

La convalescence d'Ernest est lente, avec des hauts et des bas. Lorsque les douleurs l'assaillent, il serre les dents et se mord les lèvres. Il lutte et a droit aux compliments des infirmières et des médecins. Une fois, Iréna faillit lui dire : Nous allumerons une bougie du Souvenir le jour anniversaire de la mort de tes parents. Ils reviendront vers toi et te pardonneront. Les parents pardonnent toujours à leurs enfants. Lorsque Iréna prend soin de la maison et va se recueillir sur la tombe de ses parents le jour du Souvenir, elle sait que les fantômes ne gêneront pas son repos la nuit.

Iréna a remarqué ceci : depuis qu'Ernest est à l'hôpital, il parle abondamment et, chaque fois que les douleurs le laissent en paix, il parle de ses parents, de la maison, et de la distance entre la maison et l'épicerie. Cet espace restreint envahit son esprit. Iréna ne sait comment se comporter ni quoi faire pour l'apaiser. Le vendredi soir, lorsqu'elle allume les bougies, elle prie et demande aux parents d'Ernest de ne pas être en colère contre lui, de lui parler doucement ; il écoutera tout ce qu'ils lui diront, mais dans son état il ne faut surtout pas se mettre en colère contre lui.

Un soir elle alla chez lui, ôta la poussière, lava le sol et, avant de quitter la maison, elle alluma une bougie du Souvenir. Peut-être que ses parents entendraient l'appel à partir de ce lieu justement, et lui pardonneraient.

Depuis qu'il lui a longuement parlé de ses parents, elle ne connaît plus de repos. Elle écoute ses pensées et tente de parvenir jusqu'à ses parents par d'autres moyens. À force d'efforts, elle les voit devant elle : des gens grands, légèrement voûtés, enveloppés dans leur mutisme. Il n'y a pas de colère dans leurs yeux, juste un étonnement miséricordieux. Lorsqu'ils s'approchent d'elle, elle a envie de leur dire : Ernest vous cherche. Il vous cherche depuis longtemps. Ils la contemplent et leur étonnement grandit, mais il n'y a pas de mots dans leur bouche.

Elle ne dit rien à Ernest de ces contacts secrets, bien sûr, mais il sent qu'elle fait tout son possible pour le tirer du gouffre où il se trouve, et chaque matin, lorsqu'il ouvre les yeux et la voit près de lui, il dit : « Pourquoi ne vas-tu pas dormir ?

– J'ai dormi.

– Mais tu es tout le temps près de moi.

– J'ai dormi trois heures d'affilée. »

Parfois il semble à Iréna qu'Ernest aussi avance à présent avec toute la puissance de ses douleurs vers ses parents, et elle voudrait lui dire : Il n'y a pas de doute qu'un jour tu parviennes à eux. Certes, la route n'est pas remblayée, mais la nostalgie peut aller partout. Tu n'es pas seul. Il y a quelqu'un pour te protéger. Ernest a manifestement conscience de ses efforts et lui dit : « Merci à toi.

– Pourquoi ?

– Parce que tu es près de moi.

– Je ne fais rien.

– Tu fais plus que ce que je mérite.

– Tu mérites toute l'aide possible. »

De temps à autre il parle de son écriture, des nombreuses nuits qu'il a passées à creuser les mauvais puits.

« Durant des années je n'ai pas compris pourquoi les puits étaient secs. Il me semblait que, si je creusais plus profondément, je découvrirais des sources chaudes. »

Une fois il lui dit : « Je dois aller de toute urgence à la maison.

– Quelle maison ?

– Celle de mes parents. »

Tu iras là-bas. Tu y vas déjà, faillit-elle dire, mais elle ne le dit pas.

Iréna sait qu'Ernest n'aime pas les consolations vaines, les mots décoratifs, ou les mots en l'air. Un jour il lui a dit ceci, qu'elle n'oubliera pas : « Les mots qui ne sont pas reliés à une souffrance ne sont pas des mots, mais de la paille. Toutes ces années je suis allé vers des lieux auxquels je n'appartenais pas, vers des mots qui n'étaient pas nés en moi. » Que signifie « des mots qui ne sont pas nés en moi » ? voulut-elle demander. Ernest devina ses pensées et dit : « Des mots qui ne sont pas nés de mes propres douleurs. »

29

Ernest fit une rechute. Il s'agissait du cœur, cette fois. Ernest déclara : « Lorsque je rentrerai à la maison, je serai un autre homme. » En quoi sera-t-il différent ? s'étonna Iréna. Quoi qu'il en soit, elle allumerait une bougie du Souvenir chez lui aussi. Ses parents étaient très respectueux du jour de la Shoah. Ils jeûnaient, restaient à la maison près des bougies et compulsaient des chroniques du temps passé. Lorsque le livre sur Zaltchov sortit, ils en achetèrent trois. Ils envoyèrent un exemplaire à leur cousin de Bneï-Braq et rangèrent les deux autres dans la bibliothèque. Dans le livre il y avait des listes de noms datant d'avant-guerre, ainsi qu'une longue liste des survivants qui s'étaient retrouvés par la suite.

Le jour de la Shoah ressemblait chez elle au jour de Kippour. Ses parents n'observaient pas les commandements. À vrai dire, ils en pratiquaient quelques-uns mais ce peu-là faisait régner dans la maison une atmosphère de puissance et de secret mêlés. C'était particulièrement palpable le jour de la Shoah et le jour de Kippour. Il demeurait toujours dans leurs gestes quelque chose de leurs grands-parents, y compris dans la façon qu'ils avaient de se tenir près de la table et de garder le silence. Ils ne se comportaient pas comme leurs parents, mais les gestes de ces derniers étaient gravés en eux. S'ils faisaient une bénédiction, ils la faisaient comme eux.

« À quoi penses-tu ? demanda Ernest, en la surprenant de nouveau.

– Au jour de la Shoah, répondit-elle, sans chercher à lui mentir.

– C'est bientôt ?

– Dans un mois. »

Il avait déjà remarqué qu'Iréna parlait de l'extermination, comme de tant d'autres choses, avec une simplicité désarmante.

Durant de longues années, il n'avait pu en parler. Il était persuadé que toute écriture sur le sujet était impossible, interdite. Il avait trouvé des compagnons de route respectables qui éprouvaient le même sentiment. Le philosophe Adorno et d'autres penseurs répétaient qu'écrire sur l'extermination était impensable. Ernest s'accommoda de cette position sans protester.

Tous les textes lus le jour de la Shoah lui semblaient fabriqués, dénués de sens et, plus grave encore, grotesques : une brochette d'hommes d'affaires et de politiciens se gargarisaient de lieux communs, portaient des flambeaux, glorifiaient les partisans. Si c'est ainsi que l'on évoque l'extermination, alors il m'est interdit d'en parler, se disait-il. Et en effet il garda le silence.

Lorsqu'il se maria avec Sylvia Gross, il trouva en elle quelqu'un qui partageait ses vues. Elle aussi avait rompu les liens avec ses parents, haïssait son peuple, sa façon de vivre et ses croyances. Le moindre livre juif, la moindre des traditions et bien plus encore les mariages, bar-mitsva, fêtes de Simhat Torah ou enterrements la faisaient sortir de ses gonds.

« Les sionistes parlaient d'un peuple libre, de normalité. Où est la liberté, où est la normalité ? Tout se passe ici comme dans les shtetls », suffoquait-elle. Sa beauté physique et son langage violent se confondaient, et il en ressortait une force sauvage. Lorsque les disputes se firent plus fréquentes – au départ sur tout et rien, puis sur son écriture –, il sentit que son hostilité était pleine de poison.

Un jour, il n'arriva pas à se retenir et la traita de monstre. Elle ne demeura pas en reste et hurla : « Pauvre tourmenté sclérosé ! Tu ne fais que gratter partout, tout le temps, que bouffer du papier. Tu es un cas désespéré. » Ernest ne disposait que d'un mot, et il le répétait chaque fois qu'ils se disputaient : « Monstre. » Dès qu'elle entendait ce mot, sa bouche s'ouvrait et une logorrhée d'injures s'en déversait. Plus tard il en arriverait à se dire : Mais comment ai-je pu vivre avec cette bête humaine ?

Lorsqu'il se sépara de Sylvia Gross, il crut que son écriture, qui durant toutes ces années avait été une suite d'hésitations et de brouillons, prendrait forme enfin et s'écoulerait librement. Certains signes l'encouragèrent à y croire, mais ce n'était qu'une illusion. Ses personnages flottaient dans un monde chaotique, sans terre ferme sous leurs pieds. Chaque fois qu'il pensait à ses parents, ou à ses grands-parents qui habitaient les Carpates, il chassait leur souvenir.

Il comprit avec l'irruption d'Iréna dans sa vie que, malgré les cérémonies artificielles du jour de la Shoah, les siens, qui s'étaient détachés de lui pour entrer dans un monde aquatique, vivaient ce jour-là, tout comme les autres suppliciés, une forme de résurrection.

Quelques jours auparavant, il avait vu dans un cauchemar Tina, Hilga et ses parents, dans le Boug. Sur le coup il avait l'impression qu'ils se baignaient dans des eaux calmes. De tous côtés flottaient des gens qu'il avait bien connus, mais dont il avait oublié les noms. Il faillit s'adresser à eux comme au temps où il était commissaire et haranguait la foule, le 1er mai ou le 17 octobre. « Camarades, nous sommes proches du jour où vous, qui vivez pour l'éternité dans le Boug, et nous, qui sommes sur sa rive, allons nous retrouver, et il n'y aura plus aucune séparation entre nous.»

Il s'était éveillé à cet instant et avait serré la main d'Iréna.

30

Ernest est sur la voie de la guérison : les analyses de sang, les prises de tension et l'électrocardiogramme sont encourageants et bientôt on enlèvera le plâtre de sa jambe. Les médecins disent que son sommeil continu est signe de convalescence. Iréna sait que le combat qu'il mène depuis des mois s'est déplacé et qu'il se déroule à présent dans son sommeil. Il dort à satiété. Toutes les quelques minutes, il sursaute et laisse échapper quelques mots ou quelques phrases.

Il est difficile pour Iréna de savoir s'il parle de sa vie ou de son écriture, qui ne le tracasse pas moins que sa vie. Ces derniers jours elle l'a entendu grommeler : « Des faits, des faits et pas de descriptions. Les détails en abondance ne font que masquer l'essentiel. La prose biblique doit être un exemple pour celui qui écrit. »

Il s'éveilla et dit : « Les années les plus justes de ma vie furent celles passées dans l'armée rouge. Nous savions clairement qui était ennemi et qui était ami. Les soldats étaient nos fils, et l'ennemi, le serpent qu'il fallait écraser. La perte d'un fils était fréquente et douloureuse mais nous avions les idées claires, le doute ne nous rongeait pas. Nous remplissions notre devoir et la nuit nous dormions du sommeil des justes, y compris lorsque les canons grondaient. »

Cette nuit-là, il lui confia qu'après sa démobilisation il s'était enfui en Italie, d'où il comptait partir pour l'Australie. Ils étaient nombreux à l'époque à embarquer pour l'Australie ou la Nouvelle-Zélande, et lui aussi pensait que le continent lointain lui ferait oublier sa vie. « Je ne suis pas parti pour l'Australie car un bateau qui prenait à son bord des réfugiés s'est trouvé sur mon chemin à Naples. Et c'est ainsi, presque par hasard, que je suis arrivé en Israël. »

Pendant ce temps, Iréna préparait la maison en vue du retour d'Ernest. L'idée que la vie allait bientôt reprendre son cours lui donnait des ailes. La blessure d'Ernest et sa lente guérison ont rendu Iréna intime avec son sommeil, qui lui indique si les douleurs sont présentes ou pas.

Une nuit il lui dit : « Si j'avais détruit à temps tout ce que j'avais écrit, j'aurais pu tout recommencer. Comme je ne l'ai pas fait, je ne pourrai pas commencer. J'ai eu pitié de mon travail, même si je savais que c'était un travail stérile. »

Cette même nuit il se réveilla et dit : « Pardon, Iréna.

– Pardon pour quoi ?

– Parce que je t'ai demandé de détruire les manuscrits.

– Et… ?

– Un homme doit faire ce genre de chose lui-même, pas en passant par un émissaire. »

Un instant elle fut soulagée, mais elle comprit que la demande qu'il lui avait faite alors le tracassait toujours. Elle fut sur le point de lui dire : Ne t'inquiète pas, j'agirai comme tu me l'ordonneras, mais elle ne le dit pas.

Au fond d'elle-même elle savait qu'une telle soumission lui déplairait profondément. Plus d'une fois il lui avait dit, et parfois d'un ton critique : « Tu travailles trop, tu n'as pas de vie propre. L'abnégation totale n'est pas une qualité. » Quelquefois il lui avait semblé qu'il souhaitait la chasser de sa vie. C'était bien sûr une erreur. Il s'attachait à elle.

Il lui disait parfois: «Je me languis de notre maison, de me réveiller en sachant que bientôt tu viendras me préparer le petit déjeuner. Depuis la fin de la guerre je me bats, mais à présent je ne suis plus seul.» Ces propos la font trembler et elle voudrait lui dire: Ce n'est pas grâce à moi, je suis une femme simple. Mais en secret elle archive chaque mot qu'il prononce.

À l'approche du retour d'Ernest, elle nettoya la maison de fond en comble. Pour la première fois elle vit ses manuscrits de près. Huit chemises épaisses et quatre enveloppes, des manuscrits propres, ordonnés, portant des titres. Il disait parfois de ces manuscrits qu'ils étaient remplis de défauts et qu'il fallait les réécrire. Le qualificatif le plus sévère était «faussés».

Iréna ignorait toujours quel était leur défaut. Ernest se donne entièrement à ses écrits, elle était prête à en témoigner devant une cour de justice. Ce dévouement est total, sans trêve. Il déchire et jette à la poubelle la majeure partie de ce qu'il écrit et en conserve très peu. Ce n'est pas une abnégation vaine, se dit-elle, en refusant d'accepter la sévérité d'Ernest à l'égard de lui-même.

Il y a quelques nuits, elle s'est assise près du lit d'Ernest, a fermé les yeux et s'est endormie. Dans son rêve, elle était au tribunal. La salle était presque vide, éclairée çà et là par des taches de soleil. Ernest était à la place de l'accusé, à son côté se tenaient ses deux avocats. La scène était solennelle et effrayante, peut-être à cause de la lumière grise qui enveloppait les fauteuils vides. Le procureur dressait l'acte d'accusation. Il vomissait les mots et Iréna ne comprit rien.

Elle fut soudain appelée à la barre des témoins et voulut dire: Je suis ici par erreur, je ne sais pas témoigner. Mais le juge, constatant son hésitation, lui lança un regard mauvais. Elle s'avança et resta debout, immobile.

« Depuis combien d'années connaissez-vous l'accusé ? lui demanda le procureur.

– Deux ans et demi, dit-elle, heureuse d'avoir trouvé les mots pour répondre.

– Que savez-vous de l'accusé ? continua le procureur sans élever la voix.

– Ernest parle très peu, monsieur, dit-elle avec précaution, comme si elle touchait un objet fragile.

– Cependant qu'avez-vous entendu, qu'a-t-il dit, de qui a-t-il parlé ?

– Il s'accuse la plupart du temps, dit-elle, heureuse là aussi d'avoir trouvé les mots justes.

– De quoi s'accuse-t-il ?

– De son écriture pleine de défauts.

– Et de quoi encore ?

– Principalement de cela. »

Iréna s'éveilla du cauchemar. Le sommeil d'Ernest était tranquille, les chambres étaient plongées dans la pénombre, et les malades près de lui dormaient calmement aussi. Pourtant, Iréna n'était pas tranquille. Elle ne parvenait pas à chasser la vision de la salle du tribunal. Il lui semblait que son témoignage n'avait pas été complet et qu'elle serait bientôt appelée à témoigner de nouveau. Cette peur la poussa à se lever.

Ernest ouvrit les yeux.

« Pourquoi n'irais-tu pas dormir ?

– J'ai dormi assez, et même trop.

– Va à la maison, ma chérie.

– Je ne suis pas fatiguée », dit-elle avec un curieux rire.

31

Le lendemain, Ernest sortit de l'hôpital et rentra chez lui. Iréna avait soigneusement préparé la maison. Ernest fut surpris : chaque chose était à sa place.

« Je n'imaginais pas que je reviendrais ici.

– Nous allons fêter cela », dit Iréna en sortant du réfrigérateur un gâteau au fromage blanc semblable à celui qu'elle avait préparé pour ses soixante-dix ans.

Il ne put taire sa gratitude :

« Iréna…

– Grâce à Dieu, tu es rentré à la maison.

– Je ne sais pas rendre grâce, et je crois que je ne le saurai jamais. »

Iréna ne fit pas attention à sa remarque. Elle se souvint du rêve qu'elle avait fait et dit : « La nuit dernière, j'ai rêvé de toi.

– De moi ?

– J'étais dans un tribunal.

– En suis-je sorti acquitté ? s'enquit-il.

– Tu étais très calme et tu souriais de temps à autre.

– Iréna.

– Quoi ? dit-elle en élevant légèrement la voix, comme prise en faute.

– Pourquoi as-tu allumé des bougies ?

– On a coutume d'allumer des bougies pour une fête, n'est-ce pas ?

– Quelle fête célèbre-t-on aujourd'hui ?

– Ton retour à la maison n'est-il pas une fête ?

Pour Pessah, Iréna dressa la table. Ernest, très ému, dit : « Je voudrais dire les bénédictions, mais je ne connais pas l'air.

– Ce n'est pas grave. Il est agréable de s'asseoir à la table de Pessah. »

C'est étrange, songea Ernest, le shabbat et les fêtes éclairent le visage d'Iréna tandis qu'ils me dépriment. Apparemment, j'ai hérité de mon père sa mélancolie.

Il ne put se retenir : « Mon père n'aimait pas les fêtes. Ma mère dressait la table exactement comme on le faisait dans la maison de ses parents, mais cette minutie l'agaçait, lui. Il bâclait la lecture de la Haggadah, fermait les yeux et sombrait en lui-même. La rupture avec son père et sa mère lui pesait sans doute mais il n'en parlait pas. Parfois, au milieu du seder, il s'arrêtait de lire et se mettait à chanter.

« Au Parti, tout n'était que bouillonnement. L'action était vive et joyeuse, elle se déroulait dans les champs, les greniers, au bord des fleuves. Pour des raisons inexplicables, nous n'étions pas les "Jeunesses communistes" mais le "Club de la culture progressiste".

« À douze ans déjà, nous avions appris à haïr les Juifs pieux. Nous observions comment ils se hâtaient en se rendant à la synagogue, chuchotant entre eux, échangeant des marchandises ou des billets. Les jeunes commissaires nous expliquaient que, chez les Juifs, aucun acte n'est pur, tout est malice ou tromperie. Ce n'était pas venir en aide aux pauvres qui comptait pour eux, mais pratiquer leur culte.

« Nous étions organisés en sections, divisées chacune en petits groupes de cinq. Nous devions cambrioler les magasins juifs. Nous distribuions la marchandise volée aux pauvres dans les bas quartiers. La mission devait être soigneusement préparée. Nous suivions le propriétaire de la boutique pendant quelques jours, notant les heures d'ouverture et de fermeture. Nous choisissions des lieux sans grilles ou barres de fermeture. Nous examinions non seulement les portes et les fenêtres, mais aussi les lucarnes étroites. Rapidement nous apprîmes que même une lucarne étroite permettait une excellente effraction.

« Nous réussissions le plus souvent, mais lorsque nous étions attrapés, le commandant de la section faisait une enquête, et s'il s'avérait qu'il y avait eu une faille dans l'organisation, il condamnait le commandant du groupe, et parfois le groupe tout entier. C'était comme à l'armée, voire plus sévère. Il nous arrivait d'arracher une porte ou une fenêtre, et de mettre le feu au magasin après l'avoir dévalisé, pour dissimuler nos traces.

« La violence était accompagnée d'un sentiment de justice. Nous ne volions pas pour nous mais pour les misérables. La marchandise était transportée en pleine nuit dans le quartier pauvre et nous la distribuions en fonction d'une liste de noms. »

Iréna écoutait. Il lui était encore difficile de comprendre cet enchevêtrement, mais au fond d'elle-même elle pressentait surtout que les défauts qu'Ernest évoquait n'étaient toujours pas corrigés dans ses écrits.

Quelques jours après son retour de l'hôpital, il commença à parler des vacances d'été chez ses grands-parents dans les Carpates. Ils étaient vêtus à la manière paysanne, avec de longues chemises, et ils étaient attachés corps et âme aux champs de céréales et aux plantations. C'était avant le chambardement communiste. Les années communistes avaient effacé de son cœur ces images heureuses, entre autres images.

Dans les Carpates, il avait vu des choses merveilleuses. Il lui était difficile à présent de dire quoi exactement. Il s'efforçait de se souvenir. Le matin, elle le trouvait souvent ivre et joyeux. Elle avait peur de son ivresse et, l'après-midi, elle prolongeait sa présence dans la maison. À vrai dire, elle aurait dû rester chez lui et prendre soin de lui.

Une nuit d'ivresse, il l'enlaça, la serra contre lui et lui dit : « Tu es ma lumière, tu m'as apporté tout ce qui m'a été pris. » Iréna fut stupéfaite mais n'eut pas peur. De son grand corps émanaient une force et une immense douceur. Elle sentait ses doigts, sa respiration.

Cette nuit-là elle ne dormit pas. Elle alla de pièce en pièce ; finalement elle s'assit et lut le *Journal* d'Ethy Hillesum, qui était morte pendant la Shoah. Elle avait connu dans sa jeunesse beaucoup d'hommes jeunes, et aussi un amour très puissant pour Dieu. « L'amour de Dieu et l'amour des hommes sont une seule et même chose », dit Iréna, et cette pensée l'effraya.

32

L'emploi du temps d'Ernest a changé. Il reste la majeure partie de la journée à la maison et va au café l'après-midi. Il ne prononce plus de phrases comminatoires sur le pas de la porte. Iréna craint cette retenue, qui signifie peut-être qu'il détruira lui-même les manuscrits.

Lorsqu'il revient du café, le dîner est prêt. Ensuite Iréna lui propose un verre de jus de pamplemousse ou un thé avec un gâteau. Si Ernest est d'accord, elle reste quelques instants puis rentre chez elle.

Depuis l'hospitalisation d'Ernest, elle a délaissé sa maison. Malgré tout, elle nettoie la poussière et lave le sol une fois par semaine. Ensuite elle s'assied près de la table et feuillette un livre. Parfois il lui semble que la présence des parents s'est réduite ces derniers mois, comme s'ils avaient compris qu'elle se consacrait désormais entièrement à Ernest. Et ça lui fait mal, à Iréna, que ses parents se soient éloignés d'elle. « Ne t'inquiète pas, lui dit sa mère une nuit, nous nous sommes faits discrets car nous ne voulons pas te déranger, ou gêner tes pensées. Nous sommes toujours aussi proches de toi. » Vous ne me dérangez pas, voulut-elle dire, mais les mots ne sortirent curieusement pas de sa bouche.

Il lui est agréable de penser à ses parents. Ils ne sont pas un souvenir qui lui coûte mais une présence chaleureuse. Elle leur raconte tout ce que son cœur exprime.

Elle ne leur dissimule rien de ses sentiments ou de ses pensées, mais depuis qu'elle travaille chez Ernest, ils se renferment de plus en plus, comme s'ils avaient honte de leur inculture. À présent Iréna tente de les faire revenir vers elle, de les asseoir à leur place au salon ou dans la cuisine.

Les faire revenir fut plus facile qu'elle ne le croyait. Ils ne demandèrent ni quoi ni comment, comme ils le faisaient souvent de leur vivant, toujours aux aguets. Tout ce qu'Iréna leur raconta les intéressa et ils semblèrent heureux de la façon dont elle prenait soin de la maison.

Une fois, elle leur a raconté ce qui était arrivé à Ernest, le cambriolage dans son appartement et son hospitalisation. Elle voulait tout leur décrire en détail et de façon ordonnée. Il lui sembla un instant qu'elle y parviendrait mais, sans qu'elle comprît pourquoi, les mots ne formèrent pas plus de quelques phrases. En fin de compte elle dit : « Ernest m'a raconté son adolescence aux Jeunesses communistes.

– Les Jeunesses communistes étaient les pires. Ils brûlaient les livres sacrés et les synagogues. Ne t'avons-nous pas raconté que deux fois ils ont essayé de brûler les synagogues de Zaltchov ? Elles furent sauvées grâce à des paysans ukrainiens qui les mirent en fuite.

– Et l'Hashomer Hatsaïr ne brûlait pas les livres sacrés ? demanda Iréna.

– À l'Hashomer Hatsaïr on faisait des feux de joie et des festins le jour de Kippour, mais on ne brûlait pas les livres sacrés.

– Ernest regrette, le défendit-elle.

– C'est inévitable qu'il le regrette », dit le père, et il se leva. Iréna sait que le père n'est pas prêt à pardonner ces erreurs de jeunesse. Plus d'une fois elle l'a entendu dire : « Nous avons rendu nos parents malheureux alors qu'ils avaient les mains propres. Que voulions-nous d'eux ? Ils étaient droits, travailleurs, fidèles à la foi de leurs pères. Même dans le ghetto et dans les camps, ils ont respecté tous les commandements, du moins important au plus important. »

Lorsqu'elle était petite, ses parents comparaient les Jeunesses communistes à l'Hashomer Hatsaïr dans leur ville et leur conclusion était que les deux mouvements s'étaient conduits grossièrement envers la foi de leurs pères. Les communistes étaient seulement allés plus loin.

Elle tenta de les adoucir :

« Ernest est écrivain, et non communiste.

– Sur quoi écrit-il ?

– Sur sa vie.

– Espérons qu'il n'écrive pas contre les Juifs. »

Iréna se représentait à présent clairement le jour du Souvenir à la maison. Vingt-sept bougies étaient allumées dans la cuisine. Les parents jeûnaient et observaient le silence. La mère était allongée sur le canapé et laissait échapper un soupir de temps à autre. L'année qui précéda sa mort, le père la conjura de briser le jeûne et de boire un verre d'eau. La mère répondit par un étrange mouvement de la tête, sans ouvrir les yeux. Elle dit : « Il ne m'arrivera rien. »

En général, après une heure ou deux, les parents s'en vont et la laissent seule. Ils disparaissent brutalement, sans prévenir, ce qui effraie Iréna sur le moment. Avant il lui semblait qu'ils exprimaient ainsi leur désaccord quant à la façon dont elle dirigeait la maison. Il n'y a bien sûr pas un début de vérité dans cette crainte. Ils n'ont jamais énoncé la moindre critique. Ils s'excusent toujours de ne pas avoir apporté de fleurs.

Lorsque les parents s'en vont, Iréna voit de nouveau Ernest devant elle. Un jour, elle l'a vu voguer sur le fleuve et tenter d'arrêter la barque sur laquelle il était. L'effort était visible dans tous ses mouvements, mais la barque ne s'arrêtait pas. Finalement, Ernest souleva l'une des rames dans un geste de protestation et se mit à crier. Lorsqu'elle lui raconta le lendemain ce qu'elle avait vu en rêve, il sourit et dit : « Dans ma jeunesse, nous voguions sur le fleuve. »

Depuis son retour de l'hôpital, un autre sujet tracasse Iréna : les médicaments. Toutes les quatre heures, elle lui donne ses comprimés. Elle a oublié de le faire quelques fois et elle s'en est beaucoup voulu. Ernest les avale et lui explique que son écriture s'est pervertie le jour où l'hostilité et la pensée didactique ont commencé à fausser son jugement. À présent il est très difficile de réparer cela. « Chaque nuit j'essaie d'arracher les racines venimeuses, mais il y a encore beaucoup à faire. Les écrivains russes savaient aimer leur peuple, leurs douleurs et leurs blessures. Pourquoi cela me coûte-t-il tant ? »

Iréna a souvent entendu ces arguments, mais depuis son retour de l'hôpital ils ont pris de l'ampleur. Iréna voudrait dire : Tu ne dois pas te fâcher contre toi-même, mais elle ne le dit pas. Elle sent sa présence avec de plus en plus de force. Chaque fois qu'elle touche sa main, ou lui son cou, ses nuits sont agitées. Un soir il l'attira vers lui et sans prévenir déposa un baiser sur sa jambe.

33

Ernest écrit à présent avec fébrilité, manifestement en relation avec des mondes lointains. Depuis qu'il est rentré de l'hôpital, l'éclat tranchant est revenu dans son regard. Lorsque Iréna arrive le matin, il lève les yeux de ses feuilles et demande : « Que m'as-tu apporté ? » Iréna lui raconte ce qui lui est arrivé en chemin, ce qu'elle a vu à la boulangerie, qui elle a rencontré en route.

La veille, il lui a demandé si son père priait. La question l'a mise mal à l'aise. Son père ne priait pas régulièrement, mais plusieurs fois dans l'année il s'enveloppait dans son talith, nouait ses phylactères et priait en pleurant. Iréna était très effrayée par ces scènes et, lorsqu'elle demandait à sa mère pourquoi il priait de cette façon, elle n'obtenait pas de réponse claire. Elle n'osait pas questionner son père. En son for intérieur, elle regrettait d'avoir approché ce secret. Il est des choses dont il ne faut pas parler, se disait-elle, en revoyant son père enveloppé de son châle, priant et se lamentant. La mère était assise dans la cuisine, le visage enfoui dans ses mains, apeurée. Lorsqu'il avait terminé, elle n'allait pas vers lui et ne lui disait rien, comme s'il s'agissait d'un secret dont elle était exclue.

Un soir, Ernest lui confia qu'une grosse pierre avait été ôtée de son cœur, et qu'à présent peut-être il pourrait esquisser une ébauche. Iréna connaît le mot « ébauche » mais ne l'a jamais utilisé. Quelle ébauche ? eut-elle envie de demander. Au fond d'elle, elle sait que, si Ernest veut expliquer quelque chose, il le fait. S'il n'explique pas, cela signifie qu'il est en plein travail, et que ses pensées n'ont pas encore mûri.

Rentrée chez elle le soir, elle alluma une bougie et pria de toute son âme pour que la convalescence d'Ernest soit rapide et qu'il trouve son chemin dans l'écriture.

Iréna sait que l'écriture est son arène. Durant des années, le diable s'est tenu sur son chemin et a dressé des obstacles devant lui. Il n'y a pas longtemps, Ernest lui a raconté longuement l'échec de ses efforts pour parvenir à une genèse enfouie. Privé de cette genèse, son travail n'a pas de sens.

Iréna ignore ce qu'est ce commencement, mais elle pressent que ce n'est pas une souffrance, une culpabilité ou un remords, plutôt un puits d'eau vive, et il y a dans cette eau qui monte des profondeurs une vertu qui ouvre le cœur.

Depuis qu'il lui a confié cela, Iréna prie pour que Dieu le conduise sur le droit chemin et place dans son stylo les mots justes. Elle sent que, compte tenu de sa faiblesse, il a encore plus besoin de cette aide.

L'allumage de la bougie et la prière signent la fin de sa journée. Ensuite, elle s'assied à sa place près de la table, feuillette un livre ou somnole.

Un matin, Ernest lui confia : « Je suis retourné dans les Carpates.

– Comment est-ce là-bas ? demanda-t-elle.

– Comme avant, sans aucun changement.

– Quand y as-tu été pour la dernière fois ?

– À huit ans. »

C'est émouvant, fut-elle sur le point de dire, mais elle se souvint aussitôt qu'Ernest n'aime pas les mots comme « émouvant ».

« Iréna, à quand remontent tes souvenirs ? lui demanda-t-il franchement.

– Je ne sais pas.

– Comment cela se fait-il ?

– Mes parents m'ont beaucoup parlé du camp de transit à Francfort. Parfois il me semble que mes souvenirs remontent à l'âge de deux ans, mais cela ne se peut pas.

– Chez moi, les Carpates ont été effacées de la mémoire. Je me demande comment cela m'est arrivé.

– Tu es heureux.

– Je ne sais que te dire. »

Ernest exprime ses idées clairement la plupart du temps, mais parfois la perplexité ou une faiblesse l'envahissent, et il avoue « Je ne sais que te dire ». Iréna souhaite lui venir en aide, mais ne sait pas comment. Parfois il lui semble préférable de rester à l'écart. Un trop-plein de mots peut perturber le cours de ses pensées.

D'autres fois, Iréna pense que, si elle avait lu davantage, elle aurait été plus à même de comprendre les efforts d'Ernest. Ses parents lui ont laissé une étagère avec des livres de souvenirs, des témoignages et des journaux. Depuis qu'ils sont morts, elle a acheté quelques livres supplémentaires qu'elle feuillette le soir. Il y a des livres qu'elle lit et relit, le *Journal* d'Anne Frank et le *Journal* du jeune Moshé.

Lorsqu'elle lit, elle voit les villes et les villages dans lesquels les Juifs furent piégés. Elle se voit aussi avec ses parents, essayant de s'enfuir. Lorsqu'elle lit *Si c'est un homme* de Primo Levi, elle voit ses parents patauger dans la neige du rude hiver d'Auschwitz, leurs jambes gonflées par la faim. Elle apprend des livres ce que ses parents ne lui ont pas dit. Ils lui ont raconté très peu. Si elle avait su ce qu'ils avaient enduré, elle les aurait aimés plus encore. Il faut porter à bout de bras les gens qui ont été à Auschwitz et les aimer matin, midi et soir, pensa-t-elle, submergée par l'émotion.

34

Ernest écrivit toute la nuit. Lorsque Iréna arriva le matin, elle le trouva assis à son bureau, le visage pénétré d'intelligence, une lumière brillant à son front. Un instant elle voulut dire : Tu ne dois pas travailler toute la nuit, le travail sans interruption t'affaiblit, mais en constatant son enthousiasme elle ravala ses mots.

Iréna craint son enthousiasme. Après des jours d'effort intense viennent des jours d'angoisse et d'obscurité. Parfois il lui semble que c'est sa faute : elle ne possède pas de mots encourageants. Ce qu'elle balbutie forme à peine une phrase, et parfois seulement une suite de syllabes hachées.

Iréna se hâta de lui servir le petit déjeuner. Ernest ne lui demanda pas comment elle allait ou ce qui lui était arrivé en chemin. Il s'assit et grommela quelques mots, en passant, puis il retourna à son bureau. Lorsque Ernest est plongé dans l'écriture, il lui semble qu'il nage dans des eaux abondantes. Cette impression naît de l'inclinaison de sa tête, on croirait qu'il coule, puis il remonte à la surface et, pour finir, il referme les bras autour de son corps.

Environ une heure après le petit déjeuner, Ernest l'étonna en lui lisant ce qu'il avait écrit. Il l'avait déjà fait quelques fois, mais la plupart du temps il s'agissait de phrases isolées ou de passages. Et là, il lui lut des pages entières.

Tôt le matin, Grand-père ouvrait la fenêtre orientée à l'est, s'enveloppait dans son châle de prière et s'adressait directement à Dieu. J'étais couché dans mon lit et je voyais Dieu approcher de la fenêtre. Le visage de Grand-père était hirsute, c'est à peine si ses yeux pointaient à travers ses sourcils épais. Il priait tantôt dans un murmure, tantôt dans un cri. Grand-mère cessait son activité domestique et s'installait près de la table en fermant les yeux. Le Dieu tout-puissant était un hôte permanent dans leur maison. Après la prière, Grand-père ôtait lentement ses phylactères. Pendant tout ce temps Grand-mère restait assise, immobile, les yeux clos, et ce n'était qu'après qu'il eut fermé la fenêtre qu'elle se relevait. Ils s'asseyaient ensuite à table et prenaient leur petit déjeuner. Grand-mère préparait à l'avance une miche de pain de campagne, des laitages, des crudités et des œufs au plat. Grand-père rompait le pain et murmurait une prière. Ils mangeaient dans la même assiette et ne parlaient pas. Parfois Grand-mère posait une question à laquelle Grand-père répondait brièvement. Un silence absolu planait sur leur repas. À la fin, Grand-père inclinait la tête et prononçait une bénédiction.

J'étais couché dans mon lit, je voyais le soleil qui inondait la cuisine et la salle à manger, et je craignais la venue des anges, car dans la nuit Grand-père m'avait parlé des anges ayant rendu visite à Abraham.

Je passais les vacances d'été chez eux. C'étaient des vacances courtes qui s'étendaient cependant sur une multitude d'heures. Chaque heure avait sa propre lumière. Dans les montagnes des Carpates, l'ombre domine la lumière, mais l'été, la lumière perdure jusque dans les profondeurs de la nuit.

Grand-mère est occupée par la cuisson de la confiture de prunes. Deux marmites en cuivre sont accrochées à un bâton de fer et le feu les lèche jusqu'à ce qu'elles deviennent grises. Grand-père s'assied face au soleil couchant et fume sa pipe. Il ressemble à un géant, et s'il se levait maintenant, il ferait trembler les grands arbres de la forêt qui entoure la maison.

J'avais neuf ans lorsque Grand-père mourut, durant l'un de mes séjours. Constatant qu'il était en retard pour le déjeuner, Grand-mère se rendit au champ et le trouva étendu à terre. Je la vis agenouillée, tapotant son visage et l'appelant désespérément : « Mordechaï, Mordechaï. » Je me tenais loin d'eux et n'osais m'approcher. Comme ses tentatives n'eurent aucun résultat, elle se releva et demanda à un paysan d'alerter les voisins.

Bientôt des gens affluèrent vers la maison par tous les chemins possibles. Des Juifs semblables à Grand-père : grands et robustes. Leurs vêtements exhalaient l'odeur de la terre et de la résine. Ils firent cercle autour du mort et certains s'agenouillèrent.

Les gens des Carpates ne meurent pas dans leur lit mais dans les champs, dans les potagers, entre les sillons de la plantation, parfois près d'un arbre qu'ils s'apprêtaient à abattre. Le père de Grand-père et son grand-père avaient quitté le monde dans leurs champs. Le deuil était apparent dans chaque geste, mais il n'y avait pas de panique. Les hommes firent ce qu'ils devaient faire en silence, avec des gestes mesurés. Ils tirèrent de l'eau du puits et purifièrent Grand-père selon la coutume. Grand-mère était assise sur le seuil de la maison, recroquevillée, ne disant mot.

Dieu a donné et Dieu a repris, on ne doit pas se plaindre auprès du Créateur de l'univers. Dommage que les fils et les filles ne puissent accompagner leur père vers le monde de Vérité, ils demeurent dans des villes lointaines et l'un d'eux a embarqué pour l'Amérique. Il n'y a pas de crainte à avoir, Grand-père monte effectivement loin d'ici mais il ne se taira pas dans les hauteurs célestes. Son mérite sera aux côtés de ses descendants chaque fois qu'ils seront dans le malheur.

Les hommes firent leur devoir rapidement mais sans précipitation. La précipitation ne convient pas à l'accomplissement des commandements, surtout à l'heure où l'on doit faire le bien. Le soleil, qui brillait le matin de tout son éclat, disparut soudain, et des nuages bas assombrirent la vue. Au même instant je vis les larges mains de Grand-père qui tenaient le livre de prières délicatement, comme s'il s'agissait d'un bel objet fragile. Sa taille et sa force ne faisaient que souligner ses manières douces avec ses semblables, mais lorsqu'il abattait des arbres dans la cour, sa puissance grondait.

Entre-temps, des gens étaient arrivés de partout et formaient un cercle autour de la maison. Seuls les chefs de famille et les vieux furent admis à l'intérieur. Les autres s'étaient massés aux alentours. Des paysans ruthènes s'étaient groupés près des haies. Ils travaillaient depuis des années dans la petite propriété. Ils savaient que Rav Mordechaï était un Juif qui appliquait les commandements de petite et grande importance mais ne se mêlait jamais des affaires de son prochain. Seule la violence le faisait sortir de ses gonds. À la vue d'un paysan ruthène qui menaçait son voisin ou sa femme avec une hache, il allait s'interposer. « Dieu réside en nous et il est interdit de se comporter violemment », disait-il avec calme. Comme par miracle, le paysan agressif déposait la hache près de lui.

Au cimetière, il y a de petites pierres tombales en basalte. Les arbres hauts projettent leurs ombres sur les sépultures et sur les herbes qui poussent près d'elles. Soudain le ciel s'ouvrit et une forte lumière d'été dispersa les ombres. Les porteurs stoppèrent et déposèrent le lit par terre.

Un vieil homme qui se tenait près du lit parla du

défunt en fermant les yeux. Il qualifia Grand-père de « fidèle serviteur de Dieu qui toute sa vie avait travaillé la terre et pris soin de donner l'aumône aux indigents ». « Dieu qui êtes aux cieux, dit le vieil homme, accueillez Rav Mordechaï avec bienveillance. Il était lié au ciel tout comme il était lié à la terre et il prenait soin de s'entretenir avec Dieu trois fois par jour. Rav Mordechaï, souviens-toi de ta femme Reisel, de tes enfants, et porte-leur secours de là-haut », termina le vieil homme, et sa voix s'étouffa.

En un clin d'œil, la tombe fut creusée. On y déposa Grand-père et la terre fraîche recouvrit le cercueil. Nous étions au plus fort de l'été mais la foule qui l'accompagnait resta longtemps silencieuse, près des petites tombes. Et moi je vis les anges du service, leurs visages semblables à des visages d'enfants, qui arrachaient Grand-père au monticule et l'emportaient dans le ciel. Personne ne remarqua le prodige qui avait eu lieu sous nos yeux. Ils étaient tous debout, silencieux et souffrants, aveugles à ce que j'avais vu.

Iréna fut stupéfiée par les dernières phrases qu'avait prononcées Ernest et les larmes envahirent ses yeux. Cette fois, ce n'était pas un Ernest qu'elle connaissait qui avait lu les feuillets mais un Ernest lié à d'autres visions. Les mots avaient un son clair, entrecoupé seulement par sa respiration.

La lecture avait affaibli Ernest. Iréna lui prépara un thé au citron. Cette fois il ne demanda pas « Qu'en penses-tu ? ». Il resta assis près de la table sans qu'un son sorte de sa bouche. Iréna lui servit un gâteau aux pommes et se retira dans la cuisine.

35

Ernest s'assied à son bureau chaque matin. Selon la façon dont son dos se voûte, Iréna sait à quel point il est plongé dans son écriture. Parfois il se concentre face à une feuille blanche et n'écrit pas. Il ne demande rien, il veut juste s'assurer qu'elle est près de lui.

La semaine dernière, il a parlé douloureusement du mépris dans lequel il avait tenu sa langue maternelle durant toutes ces années. « La langue des Juifs est leur âme », lui avait-il dit. Sur la table est posé un carnet. Ernest y inscrit des mots, des expressions et des proverbes en yiddish. Dès qu'il se souvient d'un mot ou d'un proverbe, il se précipite sur le carnet pour le noter.

Ernest lutte contre l'oubli tout en craignant que ces mots précieux entendus dans son enfance ne lui échappent. Parfois il demande à Iréna si elle a déjà entendu chez elle un mot qui lui est revenu à l'esprit. Iréna s'efforce de se souvenir et, lorsqu'elle y parvient, un sourire de contentement éclot sur ses lèvres.

Il lui semble parfois qu'Ernest est sorti de la grotte sombre dans laquelle il vivait, et qu'à présent il marche avec précaution, en essayant de s'habituer à la nouvelle lumière. On ne peut pas vraiment dire qu'il soit heureux, mais la morosité qui assombrissait son front s'est dissipée. Chaque jour il parvient à écrire une page ou deux. Il travaille chaque phrase. Il lui arrive de recopier la même phrase plusieurs fois. Il marmonne tout seul, chantonne, ou laisse échapper un mot exprimant son scepticisme.

Hier il lui a confié que la route vers sa maison, qui était barrée, s'est ouverte depuis son retour de l'hôpital. La maison première, s'avère-t-il, ne fut pas celle des parents mais celle des grands-parents. Au fond de lui-même il le savait, mais de nombreux obstacles avaient différé son retour.

« Toi aussi, tu éprouves de la tendresse envers tes grands-parents ? demanda-t-il à Iréna.

– Mes grands-parents ont disparu avant ma naissance.

– C'est vrai, pardon », dit-il en se frappant le front.

Juste avant qu'elle rentre chez elle, Ernest exprima le désir de lui lire un court chapitre. Les chapitres courts dont il lui fait la lecture la transportent loin d'ici, vers le village où habitaient ses propres parents et grands-parents. Ses parents lui ont beaucoup raconté ce village, mais ce n'est que maintenant qu'elle le voit devant ses yeux. Ernest est un magicien. Quelques mots de lui, parfois même un seul, et elle est transportée vers un nouveau lieu.

Immédiatement après la mort de Grand-père, les oncles et les tantes se rassemblèrent pour le deuil des sept jours, et la petite maison qui avait connu des années de silence se remplit de voix urbaines. L'agitation ne dura pas longtemps. Les montagnes des Carpates ne supportent pas le bruit et l'excitation. Au bout d'un jour ou deux, seuls de légers bruissements de prière remplissaient les chambres.

Les endeuillés prient trois fois par jour, des voisins proches se joignent à eux, et même des Ruthènes qui prononcent le nom de Grand-père avec une grande crainte. Ils connaissent les coutumes de deuil des Juifs et disent en yiddish : « Puisse Dieu vous consoler. »

Ce qu'il voyait alors prend forme, même des petits détails, comme cette longue natte bariolée tressée par les paysannes du village, sur laquelle sont à présent assis les endeuillés. D'entre tous émerge le visage beau et rond de la tante Malka, la sœur de sa mère, dont les yeux sont remplis d'étonnement à cause de ce que l'on raconte de son père, et de l'importance qu'il avait.

Au village, les Juifs aussi battaient leurs enfants, mais pas son père. Il s'adressait à ses enfants en les serrant contre lui ou en les portant dans ses bras, et lorsqu'ils eurent grandi, il leur parla comme à des adultes. Il ne brutalisait pas les animaux non plus. Un cheval qui s'enfuyait n'était pas puni. Une vache qui avait envoyé un coup de sabot dans un seau en renversant le lait était réprimandée, mais pas battue. Rien d'étonnant à ce qu'il ait été entouré d'oiseaux en permanence. Ils se posaient sur ses épaules, becquetaient les paumes de ses mains, l'accompagnaient aux champs, ainsi que le soir à son retour. Grand-père était l'ami de nombreuses personnes et de beaucoup d'animaux. Après sa mort, le chien Yambi émit des sons plaintifs durant les sept jours du deuil, il ne but pas, ne mangea pas, et à la fin du deuil il rejoignit sa niche pour y mourir.

À présent, Yambi et sa niche ne faisaient qu'un avec les grands arbres qui entouraient la maison et le puits dont on voyait à peine les eaux profondes (mais dans les seaux trempés qu'on remontait était dissimulé tout ce qui s'y trouvait, une obscurité secrète, un liquide brillant et glacé dont on ne se lassait pas).

Durant les sept jours de deuil, ils ne mangèrent pas vraiment, ils goûtèrent simplement ce qu'on leur présentait. Deux jeunes filles ruthènes servaient du café, un gâteau fourré aux prunes ou des morceaux de fromage. La plupart du temps ils parlaient à voix basse, mais certains vieux redressaient la tête et bénissaient à voix haute.

Les vieux sont un peuple à part. Le vieil Ephraïm est le plus respecté de tous. Il porte une longue chemise paysanne, une large ceinture sur les hanches et de grandes chaussures en tissu. Lorsqu'il prononce un commentaire sur la Torah, il ferme les yeux, et ils sont tous pendus à ses lèvres.

« Dieu a donné et Dieu a repris, il est interdit de remettre en cause son jugement. Des pensées trop nombreuses sont un poison pour le corps et l'esprit. Il faut multiplier les actes, car seule l'action est salvatrice. » Ainsi parla le vieil Ephraïm, pour contredire les plaintes et les doutes qui s'élevaient des bancs au ras du sol sur lesquels étaient assis les endeuillés. « Nous allons bénir le Bon et le Meilleur, car tout procède de Lui. Il n'y a pas une chose au monde qui soit un hasard. Le hasard est une invention de Satan. »

Les parents d'Ernest sont aussi parmi les endeuillés. Une carriole les a amenés dans la nuit et, depuis, ils sont assis à même le sol. C'est étrange, leur silence a trouvé ici une issue : ils prient, parlent avec les frères et les oncles, prononcent des phrases entières. Le visage de la mère a totalement changé : une lumière illumine son front. Son père qui est monté aux cieux lui a légué quelques-uns de ses traits. Le père n'a pas changé, la même tristesse imprègne son visage. Certes il prie avec les endeuillés, mais la prière n'efface pas un instant les taches sombres sur son front.

Les jours de deuil sont longs, remplis, et s'étendent du lever jusque tard dans la nuit. Entre deux prières, on étudie des chapitres de la Mishna, on compulse le *Passage Yabuk*. Les jeunes aussi se joignent à l'étude. La nuit, un gémissement profond s'élève de la maison. Impossible de savoir s'il s'agit de résignation ou d'une tristesse qui refuse de se taire.

La prière et l'étude se poursuivent au-delà de minuit. Puis l'effort semble soudain faiblir. Ils s'endorment tous sur place, à même la natte.

Dieu n'a pas disparu de la maison. Il se révèle sous un autre visage. Tôt le matin, des blocs d'obscurité se détachent de la forêt et enveloppent les hommes en prière d'un duvet noir. Un instant il semble que Dieu ne réside pas que dans la lumière, mais se dissimule aussi dans l'obscurité mouillée et froide. Là Je réside, annonce-t-Il, et les hommes en prière sentent sa présence humide et différente, ils sont bouleversés et reconnaissent que leur chemin jusqu'au bon et au pur est encore long, ils élèvent la voix et pleurent.

Mais au crépuscule, au milieu de la prière de Minha, Dieu apparaît sous forme d'une lumière subite qui éblouit les yeux de ceux qui prient. Les endeuillés baissent la tête afin de ne pas être brûlés par ce feu. La lumière se déverse, s'écoule, mais ne se consume pas. Cependant l'âme sait qu'il ne s'agit plus là de colère, mais de pardon et de miséricorde.

Lorsque Iréna rentre chez elle, elle sent que la journée auprès d'Ernest l'a comblée. Elle s'assied souvent près de la table et le trop-plein d'émotions la fait pleurer. Plus tard elle s'aperçoit que, lors de sa lecture, il lui a confié des secrets intimes, enfouis en lui de longues années.

Une fois, elle l'a entendu dire au médecin : « Le corps flétrit et disparaît. En est-il de même pour l'âme ? »

Le médecin fut étonné par la question et dit : « Je suis seulement médecin, quelle est votre profession, si je puis demander ?

– J'ai été conseiller financier.

– Et maintenant ?

– J'essaie d'écrire.

– Félicitations.

– Pourquoi tant d'honneurs ?

– Cette tentative de nous raconter l'âme…

– Monsieur le médecin, dit Ernest en se tournant vers lui, vous ne pouvez pas imaginer combien mon bras est court. »

36

À la fin des sept jours de deuil, les oncles et les tantes retournèrent chez eux, en ville, et Grand-mère Reisel resta seule dans la propriété. Les parents d'Ernest partirent aussi. Étrangement, il semblait à Ernest qu'ils étaient contents de laisser leur fils, leur unique, chez Grand-mère. Ernest, quoi qu'il en soit, ne demanda pas à partir. La maison en ville l'angoissait toujours. Ici le silence était limpide, un silence d'arbres hauts qui répandaient sur lui espace et douceur. Il marchait, les bruits des arbres l'accompagnant partout, et plus il s'enfonçait entre eux, plus les prodiges se multipliaient : ici un buisson de cassis, et non loin une branche ployant sous le poids des myrtilles. On pouvait même trouver un petit cerisier donnant des fruits noirs comme du charbon. Soudain surgissait des feuillages épais un immense corbeau qui hantait la forêt de son cri.

S'il poussait plus loin, il pouvait trouver un lac au cœur des montagnes. Plus d'une fois il y était allé avec Grand-père, qui se tenait debout en contemplant les eaux grises. Parfois ils enlevaient leurs chaussures et se trempaient les pieds dans l'eau. Grand-père savait étonnamment bien nager mais il ne le faisait pas. « La natation et tout ce qui s'y rattache ne sont pas pour un Juif. Un Juif doit approfondir sa pensée et contempler. La contemplation apporte à ses pensées des visions qui ont disparu de ses yeux. De nouvelles visions sont un trésor pour la foi. »

Depuis que Grand-père était parti, sa présence s'était renforcée. Chaque fois qu'Ernest sortait se promener, il sentait la présence de Grand-père à ses côtés. Avec Grand-père il allait vérifier si les moissons étaient prêtes, si les fruits des plantations avaient rougi, et, bien sûr, l'état des fourrages. Grand-père marchait lentement. « Une démarche pressée ne sied pas à un Juif », disait-il, et tandis qu'il parlait un sourire éclairait son visage hirsute. Grand-père souriait beaucoup, d'un sourire qui illuminait son visage, mais il ne riait jamais aux éclats.

Ernest était dehors la majeure partie de la journée, et lorsqu'il rentrait, il trouvait Grand-mère Reisel en train de cuisiner. Lors des repas, Grand-mère se comportait comme si Grand-père siégeait au bout de la table. Depuis sa disparition, elle avait adopté ses gestes. Elle reproduisait à l'identique tout ce qu'il faisait. Une fois, lors d'un vendredi chaud, elle s'endormit l'après-midi et s'éveilla alors que le jour baissait. Elle ne se pardonna pas ce relâchement. Depuis, elle jeûnait chaque lundi. Pourtant elle ne laissait aucune place au désespoir. Elle se levait, priait, buvait une tasse de café et partait aux champs. À l'instar de Grand-père, elle connaissait les champs comme la paume de sa main, savait ce qui avait mûri et ce qu'il fallait cueillir dans le potager, quel lopin il fallait labourer et quel autre il fallait laisser reposer jusqu'à l'automne. Les paysannes ruthènes étaient à ses ordres et disaient : « Nous ferons ce que tu as dit. »

Le soir, à son retour des champs, elle s'asseyait en fermant les yeux près de la place de Grand-père. Il était impossible de savoir si elle priait ou se réfugiait dans ses pensées. Avec Ernest elle était exigeante sur deux choses : la prière du matin *Mode Ani* et la lecture du *Shema* le soir. Sa mère aussi lui rappelait parfois qu'il devait prier, mais Grand-mère Reisel était particulièrement intransigeante, elle ne se conduisait pas avec lui comme avec un fils unique.

Même après les trente jours de deuil, Grand-père n'avait pas disparu de la maison. Il apparaissait dans des endroits inattendus. Dans les Carpates, un homme ne quitte pas le monde sans laisser une part de son existence ici-bas. Grand-mère, quoi qu'il en soit, ne parlait pas de Grand-père au passé.

Entre-temps, Ernest s'aperçut que la fenêtre close orientée vers l'est avait changé d'apparence. Aux heures de prière de Grand-père, Grand-mère l'ouvre et s'assoit près d'elle. Elle reste assise longtemps et ne referme la fenêtre qu'une fois le temps de prière écoulé. Depuis la mort de Grand-père, la fenêtre a une nouvelle existence. Grand-mère fait attention à ne pas s'en approcher en dehors des heures de prière. Pour sa part, elle prie dans l'alcôve qui jouxte la chambre à coucher.

Le soir du shabbat, Grand-mère va au jardin, cueille des fleurs, les dispose dans deux vases de porcelaine qu'elle place au bord de la fenêtre. La fenêtre close prend alors des allures de portail.

Le shabbat, Ernest va à la synagogue avec Grand-mère. Ils empruntent la même route et les mêmes chemins qu'avec Grand-père. Grand-mère non plus ne parle pas. Dans les montagnes des Carpates, les gens apprennent le silence des arbres et du basalte. Lorsque Grand-père était dans le monde des vivants, elle ne se rendait pas chaque samedi à la synagogue, mais à présent qu'il n'est plus, elle prend soin d'y aller. Sa démarche alors, contrairement à celle qu'elle a à la maison, est lente et réfléchie.

La synagogue est un petit bâtiment en bois. Les gens y pénètrent en se courbant. Personne n'est assis à la place de Grand-père. Son absence ne fait qu'accentuer sa présence. À la synagogue on se souvient non seulement de Grand-père mais aussi de son père et du père de son père. À l'évocation du nom de son père, on rappelle cette maxime : « Ne pense pas qu'en abattant l'arbre on fait disparaître son ombre. » Cette maxime est comprise au sens littéral mais certains disent qu'elle parle de l'homme.

À la fin du shabbat, Grand-mère descend à la cave préparer les laitages. La cave sombre, éclairée par deux lampes, est aussi un lieu magique. Grand-mère y bat le beurre, prépare des fromages et y entrepose les pommes pour l'hiver.

Lever la trappe qui mène à la cave, descendre l'escalier, allumer les lampes et chasser l'obscurité, toutes ces actions qu'elle accomplissait avec Grand-père, elle les faisait seule à présent. Elle ne se plaignait pas, agissait rapidement et avec une grande concentration. Parfois un mot ou une demi-phrase qu'Ernest ne comprenait pas lui échappaient. Il n'en demandait pas le sens. On apprenait à ne pas poser de questions, sauf si elles étaient indispensables.

À la fin du shabbat, une voisine ruthène apporta un bouquet de fleurs. Grand-mère la reçut avec amabilité, lui raconta ce qu'elle avait fait durant la semaine et ce qui l'attendait encore. La Ruthène lui relata avec une douleur contenue ce que lui faisait endurer sa fille, née d'un premier mariage. Grand-mère l'écouta tête inclinée et lui conseilla finalement de prier. « Il n'y a rien de tel que la prière pour changer les choses, la prière fait des miracles », dit-elle avec la voix de Grand-père.

Chaque soir avant son départ, Ernest lit à Iréna un passage ou un chapitre. Les chapitres sont courts et se suffisent à eux-mêmes. Ernest souhaiterait vivement entendre un acquiescement ou une remarque, mais Iréna ne sait que dire, et c'est seulement sur le chemin de la maison, ou lorsqu'elle est assise dans la salle à manger, qu'elle s'aperçoit que les scènes évoquées par Ernest se sont gravées dans sa mémoire. Parfois elle imagine les arbres des Carpates. Ils sont si hauts que la seule évocation de leur taille lui donne le vertige.

Il y a quelques jours, elle a fait un long rêve. Elle marchait avec Ernest sur les chemins qui sillonnent les Carpates. Elle avait neuf ans, comme lui. Elle portait une robe en dentelle que sa mère lui avait cousue, et Ernest un short et une chemise bleues, comme ceux portés à l'Hashomer Hatsaïr. Ils marchaient main dans la main. Elle sentait la pression très forte de sa main et elle avait eu envie de l'embrasser mais elle n'osa pas. Ernest, plus hardi, posa la main sur son épaule et la serra contre lui. Elle fut si heureuse que les quelques mots qu'elle possédait encore disparurent de sa bouche.

« Tout est grâce à toi », lui a dit Ernest un soir.

Les compliments dont la couvre Ernest la troublent. Iréna n'accorde pas une importance excessive à ses pensées et à ses actes, mais au fond d'elle-même elle est heureuse qu'Ernest écrive sans relâche, et que chaque jour une feuille ou deux s'ajoutent aux précédentes sur le bureau.

37

Un soir, il dit à Iréna: « Il me semble que je suis sur la route. »

Elle se redressa, se dirigea vers le lit et dit: « Je ne te comprends pas.

– Je retourne là d'où je suis sorti.

– Grâce à Dieu, laissa-t-elle échapper de la même manière qu'autrefois.

– Iréna, ma chérie, s'il m'arrive quoi que ce soit, brûle tout sauf ce cahier. »

Chaque fois qu'Ernest dit explicitement ou de façon allusive à Iréna ce qu'elle doit faire de ses écrits, elle va vers le lit et son regard dit: Tu n'as pas encore terminé ton travail en ce monde. Je ne suis pas une femme cultivée mais mon cœur me dit que maintenant, alors que tu es au milieu de ton travail, rien de mal ne pourra t'arriver. Ernest capte son regard, stupéfié par son intensité.

Ernest écrit assidûment. Il s'étonne tantôt de sa mémoire, tantôt de ce que son stylo écrit. Son stylo écrit des choses enfouies en lui depuis longtemps, comme cette longue promenade nocturne qu'il a faite avec son grand-père, durant laquelle ils ne prononcèrent pas un mot. Les nuits des Carpates sont hautes et blanches, le bleu est tacheté de petits nuages. Ces années-là, Ernest ressentait une grande proximité avec Dieu, mais il ne savait comment donner une expression à ce sentiment. Grand-père était taciturne et ne parlait pas de Dieu, mais tout son être disait que la terre sur laquelle nous marchons est sainte, et qu'il est interdit d'être violent vis-à-vis d'elle, ou de la mépriser, et que dans les animaux aussi il y a quelque chose du Créateur. Dans la maison de Grand-père on ne mangeait pas de viande, seulement ce que produisait la terre. Grand-mère était une vraie spécialiste des soupes, quiches et autres compotes. À la fin de l'été, elle étalait sur la natte des prunes, des pommes et des poires. Les fruits séchaient au soleil et se couvraient d'une fine membrane dorée.

Les semaines qu'il passa avec Grand-mère restèrent gravées dans sa mémoire, sans que cela soit dû à des paroles ou des actes extraordinaires. Grand-mère était occupée du matin au soir, elle ne répugnait à aucune tâche. Dans le potager elle bêchait avec les paysannes ruthènes et dans le verger elle harnachait un sac sur son épaule pour cueillir les fruits. Cette abondance ne lui était pas destinée. Elle en ôtait le dixième pour les pauvres, vendait la moitié de la production et envoyait le reste à ses descendants qui vivaient loin dans les villes surpeuplées.

Ses fils et ses petits-fils ne se souvenaient pas toujours d'elle mais elle connaissait chacun par son prénom. Le soir, elle s'installait pour écrire des lettres, et le lendemain elle se rendait dans le centre du village, à la poste, pour envoyer elle-même les paquets et les lettres. Le chemin de la poste est aussi magique. Des femmes ruthènes arrêtaient la carriole, prenaient de ses nouvelles ou lui demandaient une bénédiction. Grand-mère n'hésitait pas. Elle posait les mains sur la tête de la paysanne et la bénissait.

Il se souvient encore que Grand-mère tenait à l'ablution matinale des mains, car la nuit laissait de son impureté sur elles.

« Les nuits rendent impur ? s'étonna Ernest.

– À cause des esprits malfaisants, répondit Grand-mère, avec le même pragmatisme que si on lui avait posé une question sur la récolte ou le prix d'une caisse de concombres.

– Voit-on les esprits malfaisants ? s'enquit Ernest, avec une curiosité grandissante.

– La plupart du temps on ne les voit pas », répondit Grand-mère de mauvaise grâce. Il y a des choses dont on ne parle pas. Ernest le savait et pourtant il posa une autre question : « Ils sont petits ?

– Il paraît.

– Et toi, tu les as vus ?

– Une fois », dit-elle, et un sourire fendit ses lèvres.

On ne parlait pas des esprits malfaisants, mais on ne doutait pas de leur existence. Des mezouzot pures protégeaient l'entrée de la maison ; et les livres saints, la maison tout entière. Les esprits malfaisants n'osent pas pénétrer là où il y a des livres saints.

Les objets dans la maison des grands-parents ne lui semblaient pas inanimés mais porteurs d'un souffle qui dissimulait une vie cachée, comme les tonneaux remplis d'eau de pluie, derrière la cuisine, ou le grand maillet en bois à l'aide duquel Grand-père plantait les pieux de la haie.

Dans la maison de Grand-père, on n'aiguisait pas les couteaux et on n'égorgeait pas le bétail ou les poulets. On cueillait les fruits et les légumes avec précaution et on les entreposait dans la cave. Chaque fois que Grand-mère soulevait la trappe menant à la cave, une odeur humide s'en élevait. Il y avait dans cette cave des jarres en porcelaine enveloppées de linges blancs dans lesquelles caillait le lait. À chaque sortie du shabbat, Grand-mère ôtait de ces êtres muets les linges humides, séparait la crème du caillé, déposait le caillé tremblotant dans des sac en plastique, et en un clin d'œil il se solidifiait en un fromage odorant.

Grand-mère Reisel ne se plaignait pas. Elle était tout en retenue. Si elle avait de mauvaises nouvelles de ses fils ou de ses petits-fils, elle enveloppait son visage dans un foulard ou restait assise, immobile.

La mort a beaucoup de messagers, mais peu à peu on apprend à les connaître. « La mort est une illusion et une chimère, disait-on en citant Grand-père. Seuls les idiots et les ignorants croient que la mort est la fin. »

Ernest lit la Bible et admire les Anciens, qui étaient attachés à la terre et à leur bétail, et en même temps dialoguaient avec Dieu comme des fils avec leur père, tandis que Lui répondait en langage humain. Des nuages de doute n'assombrissaient pas leurs actions. Ainsi ses grands-parents avaient vécu dans les Carpates, des générations après eux.

Il avait oublié cela de longues années. Mais Iréna n'avait pas oublié. Ses parents lui avaient transmis discrètement la foi de leurs pères. Lorsque Iréna dit « Je prie en mon cœur », il semble à Ernest qu'elle sait de quoi elle parle. Chez lui la foi n'est qu'un clignotement, des lueurs qui s'allument et s'éteignent. Iréna, voudrait-il demander, comment es-tu parvenue à conserver ces savoirs cachés ? Mais bien entendu il ne le fait pas. Il remarque toujours chez elle un geste ou une attitude qu'il n'avait pas vus auparavant. Lorsque par exemple elle ouvre la fenêtre le matin et pose sur le rebord un vase de fleurs, son regard s'emplit d'étonnement.

À présent il est clair pour lui que ses croyances ne sont pas désincarnées, elles sont ancrées dans des objets inanimés, et chaque fois qu'elle touche une bougie ou des fleurs, elle semble sur le point de s'agenouiller. Parfois il a le sentiment qu'elle est venue à lui depuis l'Antiquité, dans laquelle l'amour de la terre et l'amour du ciel étaient mêlés. Un jour qu'il fut saisi si fort par ce sentiment, il la serra contre lui et l'embrassa. Iréna ne bougea pas, comme ensorcelée.

38

Ernest écrit et déchire les feuilles, d'une manière différente des fois précédentes, a-t-elle remarqué. Il n'est pas irrité mais insatisfait. Les mots qu'il a trouvés ne correspondent pas à son intention. Toute la journée il en cherchera d'autres, parfois il attendra plusieurs jours jusqu'à ce qu'ils viennent. Malgré la mélancolie qui tente de l'ensevelir, il demeure déterminé à avancer.

Parfois il ressemble à un homme qui a connu l'exil puis erré de longues années, dont le chemin vers la maison lui aurait été révélé en rêve. À présent il craint de perdre l'itinéraire. Il écrit fiévreusement, comme dans une course contre la montre. Il tourne la tête de temps à autre pour mesurer sa progression, et vérifier s'il ne s'est pas perdu.

La veille, il avait raconté à Iréna qu'au domaine de ses grands-parents il y avait des chevaux dans l'écurie et trois vaches dans l'étable. Comment s'étaient-ils dérobés de sa mémoire jusqu'alors ? Une vache tomba malade, risquant de contaminer les autres. Deux paysans robustes vinrent la chercher pour l'achever. La question se posa de savoir s'il fallait l'égorger ou l'abattre. Grand-mère, qui aimait bien la vache, était troublée. Finalement elle demanda qu'on fasse venir le vétérinaire pour qu'il procède à une injection et abrège ses souffrances. Les paysans furent stupéfiés par cette demande et l'un d'eux dit : « C'est une vache. Chaque jour on égorge des vaches au village.

– Nous avons pour mission de protéger les animaux, s'entêta Grand-mère.

– Nous ferons comme vous l'avez dit», se résignèrent-ils.

Le vétérinaire vint. Un homme petit, à moitié juif, qui s'acquitta de sa mission. On sortit aussitôt la vache de l'étable pour la conduire vers son destin. Grand-mère l'accompagna du regard tout au long du chemin. Lorsqu'elle eut disparu entre les arbres, Grand-mère baissa la tête, entra dans la maison et s'assit à sa place sans pouvoir émettre un son.

L'écriture fait bouillonner la mémoire d'Ernest pour l'emmener chaque fois vers d'autres contrées.

La chaumière était plantée au milieu des arbres et semblait en faire partie. Mais avec le recul des années, elle apparaissait comme un sanctuaire en bois sur le seuil duquel on ôtait ses chaussures. Il y avait peu d'objets, et tous étaient également en bois. Des fleurs de toutes couleurs, fraîches ou séchées, ornaient les tables, les commodes, les rebords de fenêtre, et les invités étaient subjugués par les odeurs délicates. Le silence planait sur l'espace obscur et nourrissait l'âme de visions. Lorsque Grand-mère posait une question, Grand-père ne s'empressait pas de répondre. Ce n'est pas poli de répondre immédiatement. Il restait assis ou sortait, et ce n'est qu'à son retour qu'il répondait à sa question. La parole à l'extérieur était rare, et à l'intérieur elle était semblable à un objet. Le jour était divisé en longues bandes de silence et d'émotion. Comme s'il était entendu que les mots sont plus précieux que l'or, et qu'il ne faut pas les gaspiller.

Certains jours ils observaient un jeûne de la parole. Un mauvais rêve, une sensation trouble ou un sombre pressentiment leur intimaient aussitôt le silence. Ils continuaient à travailler, à s'occuper du bétail, à écouter les requêtes des paysans qui travaillaient chez eux, sans prononcer un mot. Le jeûne durait généralement une journée, mais ils le prolongeaient parfois. Les paysans savaient qu'ils observaient un jeûne de la parole et les dérangeaient le moins possible.

Ces jours-là, les repas étaient frugaux, rapides, comme pour se débarrasser d'une corvée. Le jeûne s'immisçait dans leurs gestes, dans la façon qu'ils avaient de soulever un objet ou un outil, mais, plus que tout, le jeûne était visible à leurs fronts, qui s'assombrissaient.

Iréna écoute et son cœur palpite. Les confidences d'Ernest lui donnent des remords : le village de sa mère et de ses grands-parents s'était inscrit en elle car sa mère lui en parlait souvent avant qu'elle s'endorme, mais ce n'était qu'à présent, grâce aux descriptions d'Ernest, qu'il lui devenait proche et accessible, comme si Ernest lui avait ôté ses atours terrestres pour le revêtir d'atours éternels.

Quel village merveilleux tu as, Ernest, voudrait-elle dire, mais elle ne le dit pas. Elle sait qu'Ernest n'aime pas que l'on emploie des termes tels que « merveilleux », « magnifique », ou d'autres adjectifs exprimant l'admiration.

Iréna est heureuse de ses confidences exaltantes, mais ses craintes ne diminuent pas. Elle redoute la chute. Chaque nuit elle allume une bougie et prie afin que la mélancolie ne revienne pas, et que le cœur d'Ernest résiste à l'effort, sans que l'instinct de destruction le domine à nouveau.

La mélancolie ne revint pas, mais il y eut des signes de faiblesse. Il lui était difficile de rester assis. Le médecin pensa qu'il valait mieux l'hospitaliser pour procéder à des examens.

« Justement maintenant, dit Ernest, maintenant, alors qu'enfin les visions et les mots se rattachent. »

Le médecin tenta de le convaincre :

« Une semaine, pas plus. »

Ernest demanda un sursis :

« Dans une semaine, alors. »

Le médecin lui accorda ce délai.

Malgré sa faiblesse, Ernest continua d'écrire, au lit ou dans le fauteuil. Iréna faisait de son mieux pour ne pas le déranger et s'approchait de lui uniquement lorsque le repas était prêt. L'appétit d'Ernest avait diminué ces derniers jours, mais il s'efforçait de manger un peu afin de ne pas la peiner.

Chaque nuit les visions reviennent s'offrir à lui. Parfois elles sont si nettes et si fortes qu'elles refusent de se parer de mots. Ernest sait que sans mots justes les visions disparaîtront, comme si elles n'avaient jamais existé. Il s'efforce de les capturer.

Dans les montagnes des Carpates, Dieu avait plusieurs visages. Le grand acacia dans la cour qui déployait sa cime vers les cieux en était un. Le paysan Vassil portant sur son dos un sac d'orge et le posant près de l'abreuvoir en était un autre. Vassil était un misérable qui s'était exilé à cause des catastrophes qui avaient frappé sa maison. Sa femme et ses trois filles avaient été brûlées vives dans leur sommeil un jour qu'il était parti en ville vendre le produit de ses champs. Des années avaient passé depuis la catastrophe, mais les rides ne s'étaient pas effacées de son visage. Dans chaque geste transparaissait la malédiction que Dieu lui avait envoyée. Il ne parlait pas et ne posait pas de questions. Il travaillait du matin jusque tard le soir. Lorsque Grand-mère lui disait « Assez, Vassil, va te reposer », il répondait « Je me reposerai, je me reposerai » et poursuivait son travail. Parfois il ressemblait à l'un de ces géants qui avaient provoqué Dieu, et avaient reçu en retour un lourd châtiment.

D'autres fois il était tel un serviteur caché de Dieu, de ceux qui se dissimulent sous un visage gris, toujours d'humeur égale, comme s'ils étaient des esclaves et non des serviteurs de Dieu, mais celui qui l'observait de près percevait dans son travail une intention cachée, une intention suprême. La chose était apparente dans son rythme de travail, un rythme régulier, et apparaissait plus précisément lorsqu'il se tenait dans les champs le soir en agitant sa faux au-dessus du trèfle.

Depuis que Grand-père lui avait révélé que Dieu résidait en tout lieu, Ernest prenait soin de ne pas blesser les petits animaux et posait le pied à terre avec précaution. L'écoute et l'attention sont toujours très belles. Dans les montagnes des Carpates, l'homme se tenait debout et écoutait des heures parfois, pour que les sons vivent en lui.

Grand-mère disait : « L'eau de pluie est bonne pour le corps la veille du shabbat. » Il avait entendu cette phrase plusieurs fois mais alors, bien sûr, il n'en avait pas perçu le sens. Grand-mère n'exprimait que le nécessaire, l'utile et le consolateur, le tout à voix basse. Elle élevait la voix seulement lorsqu'un danger menaçait.

« Dieu n'aime pas la parole à voix haute », disait-elle. Le mot « je » était proscrit, il y avait beaucoup de termes indirects pour ne pas dire « je ». À cinq ou six ans, encore étranger au lieu, il avait demandé à Grand-père : « Pourquoi est-il interdit de dire "je" ?

– Car l'homme n'est pas Dieu », avait répondu Grand-père, d'une grosse voix qui n'admettait pas de réplique.

Avec les jours il avait appris ceci : dans les montagnes des Carpates il y a un service silencieux de Dieu, et à ses côtés des espaces d'idolâtrie. Le service de Dieu est caché, il se pratique en chuchotant, près de la fenêtre orientée vers l'est. L'idolâtrie est dans les champs, sous chaque arbre verdoyant.

Les bas-côtés des routes et des chemins étaient parsemés de croix et de petites chapelles, de paysans grands, robustes, qui se tenaient près des croix tels des enfants grondés. Il les observait pendant des heures. Grand-mère lui rappelait qu'il est interdit de regarder les idolâtres, que leurs mouvements peuvent être contagieux. Un Juif doit faire attention à ses mouvements, ne pas être pressé, et ne pas imiter les bêtes. Si un incirconcis embrasse une femme et la bascule dans la paille, il faut s'enfuir.

39

Le sursis prit fin et Ernest fut hospitalisé. Iréna ne quitta pas son chevet. Elle était malheureuse car son écriture avait été interrompue brusquement. Sa vie et son écriture étaient intimement liées à présent. Une page dont les mots épousaient le récit et dont les phrases étaient fluides éclairait son visage.

Une fois il lui avait dit : « La vérité n'est pas suffisante, elle doit revêtir des mots justes. S'il n'en est pas ainsi, elle court le risque d'être perçue comme une pose ou, pire, comme une hypocrisie. »

Ces dernières semaines, il sentait que les descriptions ne lui étaient plus nécessaires, il effaçait sans pitié les mots qui ne servaient pas l'histoire, les détails qui émergeaient étaient filtrés, débarrassés du superflu. Ne demeurait que le strict nécessaire.

Ernest était heureux de constater que les jours passés à étudier la Bible n'avaient pas été vains. La vie dans les Carpates n'était pas un fleuve tranquille, mais il y avait en elle tout ce qui est présent dans la Bible : la simplicité, la densité, et la croyance que la vie possède une finalité. Nous ne sommes pas les maillons d'une chaîne surgis de nulle part pour disparaître ensuite. Les arbres de la forêt, le cheval dans l'écurie et l'homme dans le champ ne font qu'un.

Cependant, les douleurs dérangent Ernest. Iréna tente de le distraire et lui raconte des choses qu'elle a entendues ou qui lui sont arrivées. Ernest écoute et pose des questions. Il a un don particulier pour s'intéresser aux détails.

« Tes parents ne t'ont pas raconté la guerre ? demande-t-il une fois de plus.

– Pas beaucoup.

– Et tu ne posais pas de questions ?

– Si, mais ils disaient que mieux valait ne pas parler d'une souffrance qui n'a pas de sens.

– Que racontaient-ils, alors ?

– Leur vie avant la guerre. »

À minuit, lorsque Ernest s'endort, Iréna retourne chez lui. Certes, l'appartement est en ordre, mais il est vide de chandeliers, de fleurs séchées, et de livre de prières. Iréna a débarrassé un coin de la cuisine, allumé une bougie, dispersé des fleurs séchées sur le plan de travail et apporté de chez elle le livre de prières. Les parents d'Ernest sauront ainsi qu'ils sont les bienvenus dans la maison de leur fils. Depuis qu'elle a arrangé ce recoin, l'apparence de la maison tout entière a changé.

Les examens sont pénibles mais Ernest ne se plaint pas. La volonté de rentrer à la maison et de se vouer à l'écriture fait de lui un homme déterminé. Iréna a peur, mais elle se domine afin de ne pas l'inquiéter. Un jour il lui a demandé si elle allait chez lui.

« Chaque jour, lui révéla-t-elle.

– Que se passe-t-il là-bas ?

– Rien », répondit-elle, effrayée par sa question.

Ces derniers jours, Ernest posait des questions inhabituelles. Elle avait déjà remarqué qu'il était déchiré entre les scènes dont il avait été témoin dans la maison de ses parents et celles de chez ses grands-parents. Il avait compris récemment qu'il souffrait plus du silence de la mère que du silence du père. Le père fumait à la chaîne, comme s'il désirait se couper du lieu qui le retenait prisonnier. Un jour, il l'avait entendu dire :

« J'ai envie de brûler l'épicerie. » La mère en fut effrayée mais ne dit rien.

Il y a des années de cela, alors qu'il était au Parti, il avait entendu un haut-commissaire dire : « La propagande est le principe des principes de notre doctrine. » C'était un petit Juif, fils d'un courtier de la ville, qui parlait toujours d'une voix forte, comme s'il souhaitait recouvrir de sa voix toutes les autres. Ce n'était pas sa seule force. Les mots sortaient de sa gorge comme d'une machine, il était évident qu'il disposait d'un pouvoir hypnotique, et que sa voix forte était un moyen parmi d'autres pour contrôler ses semblables. Là, confusément, il avait compris que le silence de ses parents était un silence de vérité. Il le savait, mais il refusait de l'accepter. Il n'avait pas encore compris que leur silence était un formidable instrument de torture qu'ils avaient construit de leurs propres mains afin de le retourner contre eux-mêmes.

Dans les Carpates, les gens avaient une connaissance charnelle du silence. Grand-père, après avoir compulsé un livre, restait assis un long moment sans dire un mot. Il y avait dans son silence un culte discret. Il filtrait les scènes de la journée pour entrer dans le sommeil de la nuit nettoyé des mirages et des tracasseries.

« Il y avait des mirages dans les Carpates ? s'étonna Iréna.

– On essayait de s'en débarrasser avant d'entrer dans le sommeil de la nuit. Les mirages provoquent les cauchemars. La lecture du *Shema* avant de dormir leur fait barrage. »

Ernest extrait de sa mémoire des scènes et des bribes de scènes. Parfois il s'étonne qu'un détail précis ait été conservé en lui, par exemple sa mère assise sur la natte des endeuillés avec ses frères et sœurs, le rose de nouveau aux joues. Certes, elle n'était pas très loquace, mais elle répondait aux questions qu'on lui posait, elle priait comme sa mère et comme ses sœurs, la candeur des êtres croyants était de nouveau présente dans ses gestes.

Un soir, sa mère s'adressa à lui avec une certaine agitation et lui demanda: «N'est-ce pas un endroit merveilleux?» Ernest fut sidéré par sa question et ne sut que dire. Ce n'est que plus tard qu'il comprit que le mot «merveilleux» n'était pas utilisé dans les Carpates. Seul un homme qui venait de l'extérieur disait «magnifique», «merveilleux», etc., des mots qui avaient pour ambition de recouvrir un vide ou une peur. Il fut agacé que sa mère, qui était d'habitude fidèle à son silence, utilise un mot emprunté à d'autres.

Toute la nuit, Iréna veille sur le sommeil d'Ernest. Dès les premières lueurs, elle quitte sa chaise et se tient debout près de son lit. Elle assiste aux prises de température, aux prises de sang, et plus tard à ce que disent les médecins lors de leur visite. Lorsque Ernest demande ce qu'indiquent les examens, il reçoit une réponse hésitante.

«Comment vous sentez-vous? lui demande-t-on encore et toujours.

– Des douleurs dans le dos. Une faiblesse.»

Chaque médecin pris séparément est un homme aux manières agréables, qui interroge avec sollicitude, mais ensemble ils ressemblent à un jury sévère. Certes, ils prennent en compte ses questions, mais leur attention est tournée vers les chiffres et les radios qu'ils se passent de main en main. Leur attitude inquiète Iréna. «Il n'y a pas de quoi», dit Ernest dès qu'ils quittent sa chambre, surtout pour la rassurer.

Ensuite, Ernest ferme les yeux et s'endort. Son front est humide et les poils blancs qui sont apparus sur son visage lui donnent l'apparence d'un homme qui a vaincu sa souffrance. La mort le préoccupe, selon toute vraisemblance, mais il n'en parle pas.

Il est heureux de voir Iréna à son réveil. Elle lui épluche une poire ou une pomme, et s'il a soif elle lui sert un verre d'eau. Depuis qu'il est hospitalisé, elle est plus profondément attentive à lui, elle suit sa respiration et s'empresse de lui donner ce qui lui est nécessaire. Il y a quelques jours, elle lui a dit: «Dommage que je n'aie pas terminé le lycée. Si j'étais allée jusqu'au bout, j'aurais été reçue dans une école d'infirmières.

– Tu m'es précieuse, même sans baccalauréat», s'est empressé de lui répondre Ernest.

La nuit, lorsque Ernest et les autres malades s'endorment, elle s'assied dans un coin et lit. Elle a toujours aimé lire, mais depuis qu'elle travaille auprès d'Ernest, elle a appris à retirer beaucoup plus des livres. Elle aime principalement les livres sur la Seconde Guerre mondiale.

La guerre est un chapitre mystérieux dans l'âme d'Iréna. Depuis qu'elle a lu les livres de Leb Ruchman et de Primo Levi, elle comprend pourquoi les parents ne lui en ont pas raconté plus. Dans ses rêves, elle voit parfois la mère qui se traîne avec ses dernières forces du labeur jusqu'aux baraques, lape la soupe claire et essaie de rattacher avec deux fils de fer la semelle à la chaussure. C'est étrange, pense Iréna, il a fallu que je lise Primo Levi pour voir mon père et ma mère dans leurs épreuves les plus dures. Ce Juif italien m'a révélé ce que mes parents ne m'ont pas révélé.

Sa mère ne lui avait rien dit, pas même le nom d'un camp. Chaque fois qu'Iréna posait des questions sur les camps, son visage se fermait. Rien d'étonnant à ce que, dans son enfance, il lui eût semblé que sa mère avait vécu une histoire d'amour durant la guerre, une histoire qu'elle dissimulait à son mari et à sa fille, et c'était une raison supplémentaire qui lui faisait préférer son père. C'est avec lui qu'elle sortait pour de longues promenades nocturnes et avec lui qu'elle allait au cinéma. Il était grand et beau, et les regards des femmes s'attardaient sur lui. Avec le temps elle avait appris à aimer sa mère aussi, mais pas comme son père.

40

Après dix jours d'analyses et d'examens, les médecins parvinrent à la conclusion suivante : il n'y avait rien à faire. On pouvait certes tenter la chimiothérapie, mais dans ce cas précis elle n'améliorerait rien. Il y avait d'autres traitements très récents à l'efficacité douteuse. La médecine ne baissait pas les bras mais, pour l'heure, elle n'avait rien à proposer. Si le patient voulait essayer quelque chose, ils l'accompagneraient dans son choix.

Le petit médecin qui rendit le verdict le fit avec une certaine émotion mais ne laissa planer aucun doute sur l'avis du plus grand nombre. Ses collègues laissaient cependant la décision aux mains du patient. Et un instant, il sembla à Ernest que le médecin allait sortir de sa blouse un revolver pour le lui tendre en lui disant : Le choix t'appartient – te tirer une balle ou supporter la vie avec des souffrances incessantes.

Ernest chassa cette pensée. Il demanda au médecin combien de semaines ou de mois il lui restait à vivre. La réponse du médecin fut longue, détaillée, truffée de mots et de termes latins dont Ernest ne comprit quasiment pas le sens, mais il ressortait de ses propos qu'on ne pouvait prédire la longévité, que c'était une affaire individuelle et qu'il y avait des exceptions. Lui-même avait connu un patient dans la situation d'Ernest, qui avait vécu longtemps pour mourir en fin de compte d'une autre maladie. Les derniers mots du médecin, bizarrement, n'avaient pas la tonalité d'un verdict médical mais celle de propos vainement consolateurs. Il parlait d'une voix traînante, comme s'il étirait un sujet qui pouvait tenir en deux phrases.

Le même jour, Ernest rentra chez lui et alla aussitôt mieux.

Iréna sort de la maison uniquement pour acheter des médicaments et des vivres. Sa vie, à présent, se résume à Ernest, et seulement à lui.

Elle a rangé le lit pliant dans un coin du salon, et la nuit, lorsque Ernest ferme les yeux, elle l'approche de son lit. Après minuit elle se lève pour observer son sommeil. Ernest dort jusqu'à quatre heures, parfois cinq. Iréna lui prépare un petit déjeuner et s'assied près de lui.

Depuis qu'il est rentré de l'hôpital, il lui parle de son service dans l'armée rouge, des camps libérés et des soldats qui servaient dans son unité. Il avait déjà des doutes sur la voie empruntée et sur la pureté des intentions communistes, mais la guerre unissait les cœurs. Chaque avancée, chaque village pris, renforçait chez les soldats la conviction qu'ils plantaient leur baïonnette dans les écailles du monstre. Cette conviction les portait à la boisson et fortifiait les cœurs.

Ils libérèrent un camp après l'autre. Il voulait aimer ses frères suppliciés mais ne se le permettait pas. Il était persuadé que l'humanité était en marche vers l'unité, et qu'un jour viendrait où il n'y aurait plus de différences entre les Juifs et ceux qui ne l'étaient pas. La réalité lui prouva le contraire. Partout il se heurtait à l'antisémitisme, dans sa division et en dehors. Ils avaient libéré les camps, mais ne s'empressaient pas de fournir un premier ravitaillement. Plus tard, lorsque arrivèrent les boîtes de conserve envoyées par le Joint, il entendit un officier d'approvisionnement dire : « Le monde entier s'occupe des Juifs. Le peuple russe a plus souffert. » Ernest l'écouta en serrant les dents.

Les simples soldats avec lesquels il avait combattu l'avaient changé. Ils avaient transformé le commissaire dénonciateur en un combattant, un officier dévoué. Lorsqu'il vit pour la première fois ses frères suppliciés suspendus à des barbelés, il sut combien il était loin d'eux, et combien il était déraciné. Et tandis qu'il se tenait debout, pensif, il entendit un officier russe murmurer : « Ils ressemblent à Jésus-Christ. Chacun d'eux ressemble à Jésus. » L'émotion du jeune officier à la vue des squelettes humains suspendus aux barbelés prit Ernest à la gorge.

« Comment sais-tu qu'ils ressemblent à Jésus ? » demanda-t-il. L'officier pétrifié se secoua et dit : « À cause de l'église. Dans notre église est accrochée une représentation de Jésus, maigre et supplicié. La couronne d'épines sur sa tête est comme ces barbelés.

– Ceux-là sont juifs, dit Ernest pour le mettre à l'épreuve.

– Je sais. Jésus aussi l'était. »

Ernest eut l'impression d'avoir reçu une gifle. Il s'éloigna en grommelant : « C'est exact. C'est exact. »

La rencontre avec l'officier russe près des barbelés le transperça comme seule la culpabilité peut le faire. Dès lors, Ernest combattit sur deux fronts. Contre les Allemands, bien sûr, et contre les antisémites. Chaque fois qu'il le pouvait, il volait une voiture de ravitaillement et la conduisait dans l'un des camps libérés.

Une nuit, il entra dans un camp. Les malheureux ne dormaient pas, ils se serraient autour d'un feu. Leurs mains, ou plutôt leurs os, étaient tendues vers les flammes. Lorsqu'il s'adressa à eux en yiddish, ils se turent, comme s'ils n'en croyaient pas leurs yeux. Ils émergèrent de leur stupéfaction et se mirent à ramper vers lui, en serrant ses jambes et ses mains. Ils l'embrassèrent et le supplièrent : « Sors-nous d'ici, ne nous laisse pas. »

Ernest sentit un frisson lui parcourir le corps et désira leur échapper. La même nuit, il fit appel au médecin du régiment et à quelques infirmiers. Ils apportèrent des médicaments et des pots de lait. Les rescapés étaient si maigres qu'ils ne pouvaient même pas tenir sur leurs jambes.

Les images du camp ne le lâchèrent pas. Plus d'une fois, à l'appel du soir, il se tenait face à sa section et disait : « Nous combattons un ennemi qui a bâti les camps de concentration pour y torturer des innocents. » Il savait que tout le monde n'adhérait pas à ses propos mais la plupart – des jeunes soldats candides – comprenaient de quoi il parlait.

L'un des soldats vint lui demander : « Quel mal ont donc fait les Juifs pour que les Allemands s'acharnent autant sur eux ?

– Difficile de savoir, répondit Ernest, afin de ne pas trop se dévoiler.

– Il n'y a pas de dieu dans leur cœur », dit le jeune soldat, et toute sa candeur sembla disparaître de son visage.

Lorsque Ernest parle des soldats au front, quelque chose de l'officier qu'il fut réapparaît sur son visage. Ses propos sont brefs, il repousse sa faiblesse et l'avis des médecins pour laisser place aux forces vives qui bouillonnent dans tout son corps. Si nous avons dominé le monstre fasciste, nous dominerons aussi cette faiblesse, dit son visage. Iréna est si heureuse qu'elle ne sait que faire de plus pour le maintenir dans cet état d'esprit.

41

Ernest ne parle pas de sa maladie. Il reste assis des heures dans le fauteuil et écrit. Il a l'intention de relier tous les chaînons de sa vie. Il sent que son service dans l'armée rouge est un chaînon important mais les chapitres de son enfance le sont encore plus. C'est un voyage qui durera longtemps. Il doit être tenace et ne pas se fatiguer. Iréna comprend ce qu'il pense et fait son possible pour ne pas le déranger. Elle varie ses repas, met de l'ordre dans les médicaments, et si Ernest souhaite lui lire un chapitre, elle s'assied près de lui et l'écoute. Elle a remarqué que son écriture est à présent plus simple, elle saisit presque chaque mot. Parfois il lui semble qu'il agit ainsi à son attention et elle voudrait lui dire : Ne t'occupe pas de moi, ma culture est limitée, tu dois écrire pour des gens qui ont des connaissances.

Les Carpates lui apparaissent de nouveau, chaque fois sous un nouvel éclairage. À huit ans, ses parents l'envoyèrent passer les jours de pénitence qui précèdent Yom Kippour chez les grands-parents. Il demeura un mois entier chez eux, avant les « jours terribles » et après.

Pourquoi l'avaient-ils envoyé là-bas ? s'était-il souvent demandé. Certes, il excellait dans ses études, mais pourquoi l'arracher aux bancs de l'école et l'envoyer si loin de la maison ? Il attribua tout d'abord cela à un caprice. Plus tard il lui sembla que ses parents souhaitaient le rapprocher de leurs pères. À présent, toutes les explications qui lui étaient venues à l'esprit lui paraissaient réfutées.

Il se souvenait de ceci : le deuxième jour après son arrivée, il avait assisté à la cueillette dans le verger. Grand-père se tenait près d'un arbre chargé de fruits, Grand-mère était près de lui, et tous deux portaient des besaces. Grand-père tendait ses deux longues mains vers les branches supérieures, cueillait et posait les pommes. Grand-mère faisait de même avec les branches inférieures. Lorsque les besaces furent pleines, ils déposèrent les fruits dans un panier d'osier géant. Les pommes ne perdirent pas leur fraîcheur dans le panier, et mieux : leurs couleurs s'intensifièrent, comme si leur existence avait été transformée en une existence encore plus puissante.

Lorsqu'il était arrivé chez ses grands-parents, les jours s'écoulaient à leur rythme habituel, mais peu à peu ils ralentirent. Cela se remarquait à la démarche de Grand-père. Il revenait des champs à petits pas, comme si le temps allait arrêter sa course, et lui avec. À son retour, Grand-mère lui préparait une bassine remplie d'eau de pluie et il y trempait les pieds. Même le peu qu'ils se disaient se raréfiait. Après le déjeuner, Grand-père compulsait un livre ou faisait la sieste. Le livre ne quittait pas ses mains, même lorsqu'il sommeillait. Ensuite il s'asseyait pour lire le livre en chantant. Grand-père avait deux voix : l'une, chuchotante, qu'on entendait à peine, et l'autre, pleine d'imploration, lorsqu'il priait.

Il lisait et de temps à autre fermait les yeux. La lecture durait longtemps. Au premier abord, cela ressemblait à de l'étude. C'était une erreur, bien sûr. Il s'agissait d'une tentative répétée pour approcher et toucher ce qui était dissimulé dans les lettres. La chose ne lui venait pas facilement. Finalement, dans un dernier effort, il prenait le livre, se levait, le pressait contre sa poitrine, redressait la tête et fermait les yeux.

Grand-mère ne participait pas à ce rituel, occupée qu'elle était par la préparation des mets pour Rosh Hashanah. Ils étaient sucrés et odorants et brillaient dans les assiettes en porcelaine, comme posés là en l'honneur des anges de la fête, qui viendraient rendre visite et goûter aux plats.

Durant les jours qui précédaient les « jours terribles », Grand-père ne travaillait pas aux champs l'après-midi, il ne menait aucune transaction et ne réparait rien dans la maison. Il passait la majeure partie de l'après-midi jusqu'à la prière de Minha à lire le même livre. À l'approche de Minha, il se dressait sur ses jambes, se dirigeait vers la fenêtre, ouvrait les volets et se tenait devant le ciel ouvert.

Entre la prière de Minha et celle de Maariv, les paysans venaient lui demander une bénédiction. Grand-père posait les paumes de ses mains sur la tête du Gentil, fermait les yeux et le bénissait. Il était interdit de se mettre à genoux. Le paysan qui le faisait était sommé de se relever. Les paysannes aussi venaient. Grand-père ne les touchait pas, il disait leurs noms et les bénissait de loin. Lorsque Grand-père bénissait les paysans, il ressemblait à un ministre du culte, et d'ailleurs il l'était. Ernest l'avait vu quelques fois, enveloppé dans son châle de prière jaune, bénissant l'assemblée à la synagogue. Il n'avait pas osé observer ses gestes.

Chaque jour, Grand-père s'asseyait une heure avec Ernest, parfois un peu plus, et lisait avec lui le livre de prières. Grand-père savait qu'en ville Ernest n'allait pas au heder, ne priait pas et n'étudiait pas la péricope de la semaine. Grand-père tentait l'impossible dans le court temps qui lui était imparti. En dehors du livre de prières, il lisait avec lui la péricope de la semaine, lui racontait les Patriarches, les Juges et les Prophètes. Lorsque Ernest l'accompagnait en promenade, il lui montrait que Dieu réside dans chaque brin d'herbe, et que seuls les aveugles ne voient pas ce qui est révélé. Grand-père parlait avec sérieux mais sans sévérité. Parfois il se moquait de tous ces gens qui avaient oublié qu'il y a un dieu dans le ciel et qui idolâtraient des dieux étrangers.

Le dîner était pris sous la tonnelle. Toujours le même repas : des pommes de terre en robe des champs et du yaourt. Les jours qui précédaient les « jours terribles », Grand-mère servait une compote de prunes une heure après le repas. C'était une coutume dont elle ignorait le sens.

Il y avait dans la maison beaucoup de choses secrètes qui défilaient devant les yeux d'Ernest ou le touchaient. Un jour, Grand-père lui dit : « Tout n'a pas de sens. Il y a des choses dont le sens nous a été rendu inaccessible par Dieu, mais ce que nous voyons et sentons est suffisant. Des paroles trop nombreuses n'éclairent rien, mieux vaut appliquer ce qui nous a été dicté. Les bonnes pensées ne naissent pas de la parole mais d'une juste contemplation. Chaque homme doit être armé pour entendre ce que Dieu lui demande. » La plupart du temps, Grand-père ne prononçait pas plusieurs longues phrases d'affilée. Ernest rattachait une phrase à l'autre et se disait : Pour l'instant je ne comprends pas ses paroles, mais le jour venu Dieu me révélera ce que Grand-père voulait dire.

Un après-midi, Grand-père et Grand-mère disparurent. Ernest tenta de chasser les sombres pensées qui traversaient son esprit. Comme ils tardaient à revenir, il alla d'une chambre à l'autre, puis sortit et demanda craintivement à un employé où étaient ses grands-parents. L'employé l'écouta et dit : « Avant Rosh Hashanah, les Juifs vont se prosterner sur la tombe de leurs pères.

– Que font-ils là-bas ? demanda naïvement Ernest.

– Ils prient », dit le Gentil, et un sourire se répandit sur son visage large.

Il avait déjà remarqué que les Gentils qui habitaient aux alentours de la petite propriété de Grand-père et ceux qui travaillaient chez lui savaient beaucoup de choses sur les Juifs et leurs habitudes, bien plus que lui n'en savait. Ils lui révélaient ce que Grand-père lui taisait. Par exemple : les jours de Rosh Hashanah et de Kippour, on n'utilise pas des bougies faites dans la graisse mais des bougies en cire. On ne les achète pas à l'épicerie, c'est Grand-mère qui les prépare de ses mains, enfermée à double tour dans son alcôve. Et on lui a encore révélé ceci : pour Rosh Hashanah, on va à la rivière et on jette à l'eau toutes les fautes qui se sont accumulées.

Les Gentils qui habitaient aux alentours de la propriété étaient aux yeux d'Ernest tels des membres lointains de la famille qui souhaitaient se rapprocher de Grand-père et Grand-mère, mais étrangement ils n'y étaient pas autorisés. Alors ils enquêtaient et tendaient des pièges, reliaient un détail à un autre et racontaient en cachette l'histoire entière à leurs enfants.

Des secrets, il y en avait partout, à l'image des immenses blocs de basalte qui émergeaient des montagnes. Chaque bloc possédait un nom et à chaque nom était associée une histoire. Grand-père connaissait et les noms et les histoires. Ernest les voyait comme des créatures préhistoriques qui se seraient figées et auraient gelé au milieu de la nuit. Il n'était pas innocent qu'une fureur rentrée émanât de leurs silhouettes dressées vers le ciel.

Quelques jours avant Rosh Hashanah, Grand-mère préparait les vêtements de Grand-père pour la fête. Elle les lavait dans une grande bassine en bois. Elle avait un rapport très particulier à ces vêtements et cela se manifestait par la façon qu'elle avait de les suspendre sur les cordes, dans la cour. L'odeur de lessive et d'amidon, mêlée à celle des charbons du fer à repasser, emplissait la cour et la parfumait.

Durant les deux jours qui précédaient Rosh Hashanah, Grand-père ne passait plus le seuil de sa maison. Les paysans qui travaillaient dans ses champs venaient prendre leurs instructions chez lui. Il leur donnait des ordres brefs et retournait immédiatement dans sa chambre. Ces deux jours étaient consacrés aux préparatifs. Trois livres étaient posés sur sa table. Grand-père ne cessait de les compulser. Durant ces deux jours, il ressemblait à un soldat appelé au front se séparant de son lieu de naissance et de ceux qui l'aiment. Il s'adressait à Grand-mère comme quelqu'un susceptible de tomber au combat et qui donne des consignes avant son départ. Grand-mère, qui était une femme solide avec des habitudes bien à elle, agissait selon sa volonté sans poser de questions. Je savais moi aussi qu'à Rosh Hashanah les méchants sont jugés puis envoyés aux fers et aux travaux forcés, et cela me remplissait d'une profonde tristesse. Le soir de Rosh Hashanah, Grand-père et Grand-mère partaient ensemble pour la synagogue, Grand-père dans ses vêtements blancs et Grand-mère dans sa robe en dentelle bleue. Dans la synagogue au plafond bas, tous les fidèles étaient vêtus de blanc et seuls les hôtes citadins se distinguaient par leurs costumes sombres. Grand-père était enveloppé dans son châle de prière et à la fin de l'office, lorsqu'il ôtait le châle de sa tête, une lumière vive brillait à son front.

La plupart du temps, après deux ou trois heures d'écriture, Ernest s'affaiblit, s'effondre dans son lit et n'a même pas la force de tirer à lui une couverture. Iréna n'hésite plus à lui enlever ses chaussures, à redresser sa tête sur l'oreiller, à embrasser son front et sa poitrine. Elle prend sa main dans la sienne et reste assise près de lui jusqu'à ce qu'il ouvre les yeux.

Ces derniers jours est née en elle la conviction que,

si elle se rapproche encore de lui, elle réussira à déraciner la maladie, totalement ou en partie, comme l'avait fait sa mère lorsque, enfant, Iréna était tombée malade et avait eu une forte fièvre.

42

Ernest se lève chaque matin comme un soldat. Depuis que les médecins ont rendu leur verdict, son assiduité a redoublé. Il est assis à son bureau ou dans le fauteuil, écrit et efface. Le combat pour trouver les mots justes apparaît clairement sur la feuille mais ce n'est pas un combat fébrile, il efface et cherche une solution de remplacement. Son assiduité fait germer dans le cœur d'Iréna l'espoir qu'il guérira bientôt et pourra de nouveau sortir.

Pour lui faire plaisir et l'encourager, elle s'habille joliment, se maquille et met à son cou les pendentifs qu'il lui a achetés. « Tu es une femme merveilleuse », dit Ernest en prenant sa main pour l'embrasser. Ces marques de tendresse la bouleversent.

Iréna est heureuse car le verdict des médecins ne le désespère pas. Le matin il se tient droit comme un officier qui part à la tête de ses soldats pour conquérir une place fortifiée. C'est pour cela qu'elle suppose qu'il n'écrit que sur son service dans l'armée rouge. Elle se trompe. Après des années de lutte avec lui-même, il est enfin arrivé à cette « genèse secrète », comme il l'appelle.

Ernest sait que, dans ce champ enchanté, il y a aussi des pièges et des obstacles. La mémoire ne conserve pas toujours les vrais détails, la tendance à sublimer est un travers humain, il est difficile de lui échapper, et pourtant il a le sentiment qu'il touche cet air et cette terre qui ont fait naître au monde le Juif des montagnes.

Pour son soixante et onzième anniversaire, Iréna lui prépara un gâteau au fromage et l'orna avec des fraises. Cette fois Ernest s'en réjouit et dit: «Merci, Iréna.» Il quitta aussitôt son lit et s'installa à table. Iréna s'assit près de lui. Il avait maigri ces derniers mois mais l'éclat dans ses yeux était aussi vif que jamais. Il écrit quelques heures chaque jour et, le lendemain, il relit ce qu'il a écrit et poursuit. De temps à autre, il demande à Iréna de lui apporter un classeur de l'armoire. À maintes reprises il a condamné un classeur à la disparition. À présent il semble que sa colère est oubliée. Il y jette un œil en souriant puis demande qu'on le remette à sa place.

Son écriture progresse. Chaque jour des feuillets s'accumulent sur le bureau. Iréna est heureuse car son écriture est fluide, et il ne déchire presque plus les feuilles.

«Tout est grâce à toi, dit-il en captant son regard.

– Moi ?»

Il aime cet étonnement soudain qui dévoile son cou pâle, ses petites oreilles et ses joues. Elle a gardé en elle quelque chose de la jeune fille qu'elle fut, et chaque fois qu'un sourire éclot entre ses lèvres, son nez se plisse.

La majeure partie de la journée, ses pensées sont tournées vers Ernest, les repas, les médicaments, et vers tout ce qui peut rendre l'ambiance agréable. Une fois par semaine, le médecin vient le voir. C'est un homme grand, qui a beaucoup de difficultés d'élocution. Ernest pose des questions et, de cette façon, il lui offre quelques mots qu'il peut utiliser. Le médecin lui est reconnaissant et n'hésite pas à s'en servir.

«Y a-t-il une aggravation ? demande Ernest.

– Je n'ai pas encore vu les derniers examens.

– Excellent, dit Ernest d'une voix forte.

– Demain ils arriveront», dit le médecin, sans s'apercevoir qu'il raccourcit le répit.

Les mystères de la vie qui revêtent l'apparence de maladies laissent aussi le médecin perplexe. Le médecin reconnaît que personne, pour l'instant, ne peut stopper la prolifération des cellules cancéreuses mais qu'un jour viendra, peut-être très prochainement, où il sera en notre pouvoir d'utiliser les bonnes méthodes. Ernest sait que cet homme grand, dont l'expression dit l'honnêteté et la bonté, souhaite l'encourager, et il accepte cet encouragement sans sourciller.

« Sur quoi écrivez-vous ? demanda le médecin en surmontant ses inhibitions.

– Sur les Juifs dans les Carpates, lui répondit Ernest d'une voix enjouée.

– Moi aussi je viens de là-bas, dit le médecin, comme pris en flagrant délit de dissimulation.

– Où êtes-vous né, si je peux me permettre ?

– Vichnitz, dit le médecin, heureux de pouvoir fournir une réponse tenant en un seul mot.

– Alors, nous sommes de la même région.

– Mais je suis parti à cinq ans. Je n'ai aucun souvenir de là-bas, se rétracta-t-il.

– Et où êtes-vous allé, si je peux me permettre ?

– À Vienne.

– Dommage », dit Ernest curieusement.

Le médecin baissa la tête, comme si on avait effleuré ses secrets. Puis il sortit de sa réserve : « Dernièrement j'ai rencontré un cousin qui m'a parlé des Juifs des Carpates.

– Des Juifs célestes, n'est-ce pas ? dit Ernest, enthousiaste.

– J'ai eu l'impression qu'ils travaillaient la terre.

– Il n'y a pas de terre sans ciel », dit Ernest, ce qui laissa le médecin songeur.

Il avait ressenti de la sympathie pour lui dès leur première rencontre. Contrairement aux médecins professionnels, rapides, il ne faisait peser aucune menace, il posait des questions au patient et allait vers lui. Il était grand, mais sa stature passait inaperçue dans la maison. Son dos voûté le faisait ressembler à un prêtre chrétien venu rendre visite à un fidèle torturé par les douleurs.

Une nuit, alors que les douleurs assaillaient Ernest, Iréna sortit de son lit et entra dans le sien. Elle serra son grand corps dans ses bras et se pressa contre lui. Voyant que les douleurs ne passaient pas, elle se leva, étala de l'huile sur le corps d'Ernest puis revint se blottir contre lui. Elle sentait que ses mains avaient fait le nécessaire et qu'il valait mieux éviter de poser des questions. Ernest la remercia en lui caressant la main et tourna son visage vers le sien. Il était si proche qu'elle en eut le vertige.

Plus tard, elle vit que les douleurs avaient complètement disparu. Il était détendu, posa la tête contre son cou et s'endormit.

À présent, elle ne laissait plus les douleurs l'envahir. Elle entrait tout de suite dans son lit et se serrait contre lui. Son contact semblait l'apaiser. Il tournait la tête vers elle, embrassait son front et, lorsqu'il la serrait dans ses bras, elle ressentait toute sa douce puissance.

43

Une fois par mois, Ernest va à l'hôpital pour des examens. Il arrive qu'on le garde quelques jours. Ernest ne se plaint ni de ses maux ni du traitement. Il semble à Iréna que les médecins qui le soignent n'ont de cesse de se décharger de leur responsabilité pour la faire reposer sur Ernest. Ernest ne s'en émeut pas, il pose la main sur sa poitrine et dit : « Toute la responsabilité m'incombe. »

Lorsqu'Ernest est de bonne humeur et écrit sans relâche, elle rentre chez elle pour une heure, ôte la poussière et allume deux bougies. Depuis qu'elle habite chez Ernest, le lien avec ses parents s'est distendu. Elle sait que ses parents sont habitués à venir chez eux mais qu'ils n'oseront pas venir dans une maison qui n'est pas la leur. Elle s'assied donc à sa place et les attend. Cette attente inquiète la fatigue.

Le matin elle le lave, et si sa peau est sèche elle enduit ses mains et ses jambes d'une crème hydratante, rase son visage avec un rasoir électrique et le parfume avec de l'eau de rose. Ernest se laisse faire. Les mains d'Iréna lui inspirent une confiance absolue.

Le temps presse, mais Ernest n'est pas tendu. Iréna l'enveloppe de douceur et l'apaise. La plupart du temps elle est assise dans son coin ou dans la cuisine, et lorsqu'elle apparaît, son visage exprime la volonté d'agir selon ses désirs.

Il s'enfonce de plus en plus profondément dans les montagnes des Carpates. Il sait que ce qui lui a été révélé alors a sombré avec les années et est enfoui. Mais grâce à Iréna il possède la clé qui ouvre les lourdes portes. Parfois il lui semble qu'elle est de là-bas, qu'elle est l'une des petites-filles de Grand-mère, ou peut-être une arrière-petite-fille qui est restée quelques années près d'elle et a appris d'elle les lois et les traditions de l'adoration divine, et tous les détails qui s'y rattachent : comment et combien marcher, que dire et quand, à quel moment se taire et de quelle façon, quand prier en murmurant et quand à voix haute.

Une fois il a demandé à Iréna : « As-tu jamais été là-bas ?

– Non, je suis née dans un camp de transit, en route vers Israël. »

Iréna a changé, elle a embelli, ses gestes qui étaient retenus se sont comme ouverts, son vocabulaire aussi a changé. Elle continue de parler le même mélange de langues qu'utilisaient ses parents, mais à présent il y a dans sa voix une grâce particulière. Iréna fait de son mieux pour l'entourer de choses qui égaient le regard : des fleurs fraîchement coupées, des roses séchées. Il y a quelques jours, elle a acheté un paravent chinois avec des fleurs peintes, afin qu'il ne se sente pas trop exposé à la lumière du jour.

La nuit, lorsque Ernest ferme les yeux, elle est heureuse d'être près de lui et de pouvoir veiller sur son sommeil. À son visage elle sait si son sommeil est tranquille, ou si des rêves l'agitent. Une fois elle l'a entendu parler russe au milieu d'un rêve, et il lui sembla qu'il lisait un poème.

Il rêvait d'Iréna. Elle était vêtue d'une chemise paysanne brodée et d'une large jupe, comme les Ruthènes des Carpates. Il essayait de se libérer des chaînes du rêve, mais son corps était lourd, et les chaînes, serrées.

De désespoir il parvint à les rompre avec ses dents et courut vers elle.

À son réveil il lui confia : « Nous avons été ensemble dans les Carpates. »

44

Les douleurs assaillent de nouveau Ernest mais il persévère et écrit chaque jour. Après le dîner, il invite Iréna à son bureau et lui lit ce qu'il a écrit. Plusieurs fois elle fut sur le point de lui demander comment un petit enfant avait pu saisir tant de choses, et de façon aussi détaillée. Ernest devina ses pensées et dit : « J'aimais mes grands-parents. C'était un amour caché dont je n'avais pas conscience. Ce n'est que lorsque j'ai commencé à écrire qu'il s'est révélé à moi.

– Écrire, c'est faire surgir des choses de l'oubli ? s'étonna Iréna.

– Manifestement, oui.

– Qu'y a-t-il encore en nous que nous ignorons ?

– Qui sait ? »

Iréna relit *Ma vie par ton sang*, le journal de Leb Ruchman. Leb Ruchman, sa femme Esther, sa belle-sœur Tsipora et son beau-frère Ephraïm ont passé la guerre ensemble dans une cachette. Toutes les peurs qui existent en ce monde les ont traversés. Ruchman décrit chaque peur en détail.

Une fois par semaine, le médecin à la haute stature vient examiner Ernest et lui prescrit un ou deux médicaments supplémentaires. En général, Ernest ne demande pas combien de temps il lui reste à vivre mais cette fois-ci il posa la question. Le médecin s'absorba un instant dans ses pensées puis dit : « Pourquoi demandez-vous cela ?

– Je suis au plus fort d'un travail important. »

Contrairement à son habitude, Ernest lui révéla qu'il avait essayé d'écrire durant des années sans atteindre de résultat probant. Cette dernière année, il avait trouvé un tunnel qui le menait vers les trésors cachés de son âme.

« Grâce à Dieu, dit le médecin, d'un ton déroutant pour un homme de sa profession.

– Je suis au plus fort de l'excavation. J'ai besoin de temps, encore. »

La voix d'Ernest avait un ton étrange, comme s'il demandait un sursis au médecin, et ce dernier, légèrement troublé par sa demande, répondit : « Bien sûr que vous aurez le temps. Si vous le souhaitez, cela ne sera pas une légende. Qui a dit cela ? » chercha-t-il à se souvenir.

Les propos inconséquents du médecin firent couler des forces nouvelles dans les veines d'Ernest et il écrivit toute la matinée sans s'arrêter.

La sérénité ne règne pas toujours dans les Carpates. Il y a des jours où des tempêtes soudaines s'élèvent du cœur de la forêt et arrachent sur leur passage les bosquets et les toits, écrasent les récoltes, les plantations, et tuent de paisibles animaux. Bien pires sont les tempêtes de l'âme. Un paysan rentre de son travail persuadé, inexplicablement, que sa femme l'a trompé. Sans poser de questions ni tenter d'établir la vérité, il abat sur elle une hache et la tue. La rumeur frappe comme l'éclair, les femmes et les enfants sont tétanisés par la peur. Pas le meurtrier. Il est assis sur un banc au milieu de sa cour, la hache ensanglantée près de lui, telle une bête de proie rassasiée.

Immédiatement le curé, l'infirmier et deux agents de police sont appelés. On demande au meurtrier s'il est le meurtrier, il hoche la tête. Les agents de police le menottent, il se lève et eux le suivent. Ernest n'avait pas été témoin du meurtre mais il vit le meurtrier, sa cour, et les gens qui se tenaient près des clôtures de sa maison en regardant avec perplexité ce qui se passait.

Ernest était agité mais Grand-père et Grand-mère ne parlèrent pas de ce drame horrible. Ils étaient absorbés par les préparatifs de Kippour. Grand-père se préparait à aller de maison en maison afin de demander pardon et Ernest l'accompagna. Il comptait demander pardon au Gentil aussi. Nicolaï avait travaillé chez Grand-père de longues années. L'année précédente, un cheval lui avait donné un coup de sabot et sa santé s'était détériorée depuis. Grand-père l'avait dédommagé et avait continué à lui verser la moitié de son salaire. Le paysan savait que c'était là pure générosité de sa part et il l'accueillit à bras ouverts. Grand-père lui apprit que Yom Kippour était dans deux jours, et qu'il était important que les créatures acceptent la sentence divine sans restriction. Le paysan acquiesça : « Sans Dieu, nos vies ne sont pas des vies. » Ils parlaient et se taisaient en alternance. Finalement Grand-père lui dit : « Si je t'ai blessé, Nicolaï, pardonne-moi. » À ces mots, le paysan inclina la tête et répondit : « Vous ne m'avez pas blessé, monsieur, ni par la parole ni par les actes, et Dieu nous jugera tous favorablement. »

Grand-père passa de maison en maison. Au seuil des maisons se tenaient des Juifs comme lui, grands, robustes, vêtus de longues tuniques. Grand-père s'approcha de chacun d'eux et demanda pardon. Ils invoquaient le nom de Dieu, se pardonnaient mutuellement et imploraient la miséricorde pour l'ensemble du peuple d'Israël.

Grand-père évita une maison. Celle de Gombrowitz. Le grand-père de Gombrowitz, ou plus exactement le père de son grand-père, s'était laissé séduire par les mensonges de l'apostat Jacob Frank, avait renié sa religion et répandu les pires calomnies sur les Juifs. Depuis, les Juifs prenaient garde de ne pas se trouver en compagnie de ses descendants. Ernest l'avait vu une fois, et il avait été très impressionné : un vieillard élancé dont les boucles tombaient sur ses épaules et dans son dos. Il marchait sur le chemin à pas mesurés, silencieusement. Soudain il s'était arrêté et avait incliné la tête. Ernest avait senti son regard perçant se planter en lui et s'était figé.

La veille de Kippour, Grand-père ne sortait pas de chez lui. Il était plongé en lui-même ou compulsait un livre. Trois fois par jour, Grand-père ouvrait les volets et s'abîmait dans la prière face au ciel. Les cieux étaient limpides, traversés de temps à autre par un petit nuage blanc. Non seulement les créatures se préparaient au Jour du Jugement mais les bêtes et les arbres aussi.

Quelques heures avant le début du Jour du Jugement, un paysan ivre entra dans la cour et commença à chanter et à proférer des injures. Grand-père alla à sa rencontre et lui dit son fait. Le paysan fut stupéfié par les paroles de Grand-père et posa quelques questions confuses. Grand-père prit la peine de lui expliquer et, finalement, il le renvoya sur son chemin.

Le soir de Kippour, il nous est ordonné de manger. Grand-mère préparait des plats à base de légumes et de fruits. Dans la maison de Grand-père on mangeait peu et on ne se pressait pas, mais on se hâtait d'aller à la synagogue. Nous empruntions le chemin qu'empruntaient le père de Grand-père ainsi que son grand-père. Le soir de Kippour, Grand-père rappelait leurs noms et prononçait des paroles en leur nom.

45

Les douleurs d'Ernest s'intensifient mais il essaie de les ignorer. Iréna rapporte des fruits, des légumes et des fleurs du marché. Elle est persuadée que les jus frais et le dévouement sont nécessaires à sa santé.

Il n'y a pas si longtemps, il s'habillait et allait au café. La marche à pied rythmait ses pensées mais l'écriture n'avançait pas, elle demeurait prise dans un enchevêtrement sans issue. À présent, les douleurs le conduisent vers des lieux qu'il a espéré rejoindre durant des années. Pour l'heure, il est dans les Carpates chez ses grands-parents, mais le jour où il reviendra vers ses parents n'est pas loin, et de là il retrouvera Tina et Hilga, toutes les vies emportées par le Boug. Tous sont morts dans ce fleuve maudit lors de la marche forcée. Même Grand-mère, qui était à la fin de ses jours, fut arrachée de son sanctuaire et marcha avec les autres, jusqu'à ce qu'elle s'effondre sans plus se relever.

« Iréna, dit-il, la nuit dernière j'ai rêvé que nous étions tous deux dans les Carpates. Tu m'as demandé pourquoi dans les Carpates tout est construit en bois. J'avais une réponse longue et détaillée, mais curieusement les mots tardaient à sortir et soudain tu m'as demandé pardon pour cette question, et tu m'as dit d'une voix claire : "Tous les vrais sanctuaires sont faits de bois *car l'homme est l'arbre du champ*."

– J'ai dit cela, moi ? Ce n'est pas possible.

– Toi, je l'ai entendu de mes propres oreilles. »

Une fois par semaine, Iréna retourne chez elle. Elle nettoie, range et allume une bougie. Depuis qu'elle dort chez Ernest, l'obscurité s'est installée dans la maison. Iréna tente d'adoucir la tristesse qui s'y est accumulée. Elle apporte une brassée de fleurs qu'elle disperse sur le sol de la cuisine et sur la table. Sa foi lui dit qu'elle doit mobiliser ses parents à ce moment précis.

Mais, à sa grande déception, les parents ne daignent plus venir. Iréna sent que leur absence est liée à une volonté ancienne de se séparer d'elle. Pendant toutes les années passées ensemble, ils disaient : « Tu dois sortir. Tu dois construire ta propre vie. » Vous vous trompez, voudrait-elle leur dire. À présent j'ai un compagnon auquel je suis attachée dans mon cœur et dans mon âme. Plus d'une fois elle pense : Dommage que mes parents n'aient pas vraiment connu Ernest, je suis sûre qu'ils l'auraient aimé.

De temps à autre elle cuisine chez elle et apporte le repas chez Ernest. Il n'y a pas de logique à cela mais il lui semble que la nourriture qu'elle prépare dans la maison de ses parents est plus saine. Lorsqu'elle revient, Ernest lui demande : « Comment va la maison ? » Chaque fois elle rapporte de chez elle un mot nouveau ou une phrase émouvante. Ce jour-là elle lui confia que les fleurs qu'elle avait posées une semaine auparavant avaient joliment séché et que la maison en était toute parfumée.

Cependant les douleurs ne le lâchent pas. À deux heures du matin, et parfois même avant, elles l'arrachent à son sommeil. Depuis que la maladie s'est aggravée, elles se sont multipliées et diversifiées. Il y a les douleurs qui poignardent, les douleurs qui pincent, et les douleurs qui le pétrissent avec une puissance tétanisante. Iréna a toutes sortes de ruses pour les apaiser. Elle ne réussit pas toujours. Mais il y a des nuits où il s'endort dans ses bras, et il lui appartient tout entier.

Une nuit il rêva d'Iréna qui portait l'uniforme de l'armée rouge. Ils étaient ensemble dans une jeep qui fonçait à toute allure. La course s'arrêta soudain, Iréna descendit de la jeep, ôta ses bottes et dévoila un pied parfait. Ernest en fut si ému qu'il s'agenouilla et dit : « Le capitaine Ernest Blumenfeld vous demande l'autorisation d'embrasser la plante de votre pied », et sans attendre de réponse il inclina la tête et s'exécuta.

46

« Iréna, appela Ernest.

– En quoi puis-je t'aider ?

– Rien de particulier, je veux te lire un chapitre.

– Ça me fait plaisir. »

Elle a déjà remarqué ceci : les préparatifs avant l'écriture consistent à trouver l'inclinaison du corps qui permet d'être à l'écoute. Lorsque son attention est bien orientée, il voit des choses de son enfance, mais aussi des visions où apparaissent des gens qu'il n'a pas vus de ses propres yeux, comme les parents de ses grands-parents. La famille vivait depuis longtemps dans les Carpates. Tous les chemins autour de la maison, tous les champs et les plantations faisaient partie de leur sanctuaire, lui-même rattaché aux pavillons, aux hangars et aux entrepôts qui l'entouraient. Les forêts aussi appartenaient au sanctuaire, ainsi que les grandes roches noires qui surgissaient de la terre. Et il y avait dans les Carpates des montagnes hautes et majestueuses qui donnaient le vertige lorsqu'on levait la tête vers elles.

Il arrivait qu'un voisin pénétrât dans la cour et son apparence était différente de la veille ou de l'avant-veille.

« Que s'est-il passé ? s'empresse de demander Grand-père.

– Les Juifs ont crucifié Jésus et sa crucifixion me fait mal. Cela fait de longues années qu'elle me fait mal, dit le paysan, au bord des larmes.

– Toi aussi, tu penses que les Juifs ont crucifié Jésus ? demande Grand-père d'une voix calme.

– Tout le monde le dit.

– Eh bien, moi, je te dis qu'ils ne l'ont pas crucifié. C'est un mensonge rapporté par les hommes. Ce que disent les hommes n'est pas toujours vrai. Tu es un être sage, et tu sais cela.

– Le curé aussi le dit.

– Parfois un curé se trompe aussi, un curé est un homme, pas un dieu. Tu me connais depuis que tu es venu au monde et depuis que tu as ouvert les yeux. M'as-tu déjà vu lever la main sur quelqu'un, as-tu déjà vu ma femme Reisel crier ou jurer ?

– Non, dit le paysan, honteux.

– Alors, pourquoi dirais-tu "Tout le monde le dit" ? "Tout le monde le dit" n'est pas une preuve. »

La retenue de Grand-père fait son effet sur le paysan. Il continue de grommeler faiblement. Les propos de Grand-père l'ont apparemment influencé. Grand-père s'approche de lui et dit : « Tu as oublié que nous avons travaillé ensemble aux champs. Quelques années ont passé depuis. Quel âge avais-tu ?

– J'étais jeune, répond le paysan en sortant de son désarroi.

– Nous avons labouré ensemble les champs de maïs.

– C'est vrai. Pourquoi, alors, les Juifs ont-ils crucifié Jésus ? répète le paysan, comme s'il avait oublié ce que lui a dit Grand-père.

– Déjà en ce temps-là nous en avions parlé. Tu ne t'en souviens pas ?

– Je ne m'en souviens pas.

– Je vais te le rappeler. Il existe un seul dieu pour nous tous. Vous allez à l'église et nous allons à la synagogue, mais nous prions le même dieu. Un seul dieu nous a créés et nous a donné les dix commandements.

– C'est vrai », dit le paysan.

Grand-père se dirige vers la fenêtre et en signe de réconciliation il sort la bouteille de Slivovitz du garde-manger et remplit deux verres. Tous deux trinquent à la vie et vident leur verre d'un trait sec. Grand-père, comme il est d'usage ici, sert l'homme et se sert de nouveau, puis il le prend par le bras et lui confie que la récolte cette année n'est pas aussi bonne que celles des années précédentes car il a trop plu. Parfois une bénédiction exagérée devient une malédiction. Le paysan est d'accord avec lui, ses champs non plus n'ont pas bien donné.

La maison du paysan est proche de la maison de Grand-père et Grand-père le raccompagne. Avant d'ouvrir la grille de la cour, le paysan lui confie que sa fille a quitté la maison et qu'elle est devenue une fille de mauvaise vie. Il a l'intention de la tuer à la première occasion.

« Ne la tue pas, elle reviendra dans le droit chemin, dit Grand-père d'une voix douce.

– Je ne crois pas.

– Tu verras, tu verras. Parfois un homme s'égare et il faut avoir pitié de lui. Celui qui reconnaît sa faute et s'en repent aura droit à la miséricorde, nous enseignent les Saintes Écritures. »

Le paysan réfléchit un instant et dit : « Qui sait ? » Puis il rentra chez lui.

Après les fêtes, les montagnes se remplissent d'un autre silence. Grand-père se lève, prie et sort aux champs. Grand-mère reste et prépare la maison à la saison des pluies. La présence divine se rétrécit, en raison peut-être des nuages bas qui ne disparaissent pas de la fenêtre. Il est difficile pour Ernest de se représenter Dieu sous une forme obscure ou mélancolique.

L'après-midi, Grand-père ne rentre pas à la maison. Grand-mère lui apporte son repas dans trois paniers d'osier.

Lorsque Grand-père revient, vers le soir, la joie est absente de ses yeux. Il ouvre le volet et prie avec force suppliques mais la prière ne l'arrache pas à son angoisse. Grand-mère lui sert un verre puis un autre. Les deux verres de vodka produisent leur effet : son front se couvre de rougeurs et un sourire silencieux se dessine sur son visage, comme s'il se souriait à lui-même. Grand-mère ne demande pas comment il se sent, ou ce qu'il souhaite manger. Elle apporte une écuelle en bois remplie de salaisons rouges, un bol de crème et une marmite de pommes de terre en robe des champs.

47

Les douleurs sont fortes, mais Ernest ne se rend pas facilement. Il se lève chaque matin et lutte contre sa faiblesse puis avec les visions qui surgissent en lui. Il lui importe que son écriture soit ordonnée, et les détails vérifiés avec soin. Une phrase défectueuse le rend fou. Il y a des années de cela, il enjolivait chaque passage avec des métaphores. À présent il tend vers la phrase courte, factuelle, dénuée d'adjectifs. Il a déclaré la guerre aux adjectifs et il les arrache comme des mauvaises herbes chaque fois qu'il en rencontre.

Chaque jour une infirmière vient lui faire une piqûre pour adoucir ses douleurs. Ernest ne demande plus combien de temps il lui reste à vivre. Il ne pose pas non plus d'autres questions inutiles. L'infirmière, une femme silencieuse et dévouée, lui rappelle sa fille. Si sa fille était en vie, elle lui ressemblerait, il en est curieusement certain. Ce mois-ci, il voit Tina et Hilga remonter des vagues dévorantes du Boug. Elles sont si fondues dans le courant qu'on croirait qu'elles se sont réincarnées en sirènes. Leur nouvelle apparence l'attriste, et il ne peut s'approcher d'elles. Il essaie malgré tout, mais les eaux brillantes l'aveuglent.

Une nuit il s'éveilla et s'adressa à Iréna : « Pourquoi les écrivains russes aimaient-ils leur peuple, et pourquoi sommes-nous incapables d'en faire autant ? Il n'y a pas plus simple qu'aimer, plus naturel qu'aimer. Mais les artistes juifs sont apparemment porteurs d'une tare. Ils ont commencé par haïr les gardiens de la tradition en les accusant d'être primitifs et intoxiqués. Ensuite, ils haïrent le commerçant juif et dirent de lui qu'il était un exploiteur cupide et asocial, et lorsque vinrent les rescapés de la Shoah, on dit d'eux qu'ils étaient de la poussière d'homme. Pourquoi Tolstoï, Dostoïevski, Tchekhov et Tourgueniev aimaient-ils leur peuple, et pourquoi sommes-nous incapables d'aimer comme eux ? » Il était manifeste que cette pensée avait bouillonné en lui durant la nuit. Lorsqu'il acheva de parler, sa tête tomba sur l'oreiller et il se rendormit. Ces dernières nuits, il laissait échapper dans son sommeil des phrases ou des fragments de phrases. Elle en comprenait une petite partie mais l'essentiel était ravalé et incompréhensible.

L'écriture est à présent un combat contre sa faiblesse. Ernest n'est pas complaisant envers lui-même. Chaque matin il rassemble les forces qui lui restent, se lève, se rase, prend son petit déjeuner avec Iréna et s'installe aussitôt à son bureau. Iréna s'émerveille de sa détermination. Une foi cachée lui murmure que les combats le renforcent et qu'à l'heure venue il se lèvera, revêtira son manteau et dira : Je sors faire une promenade. En attendant elle s'efforce d'être reliée à lui par tous les moyens. Elle reste assise près de lui et contemple sa tête posée sur l'oreiller, lui tient la main, ou pose un linge sur son front.

Il y a quelques jours, il a dit à Iréna : « Iréna ma chérie, même si je dors d'un sommeil végétal, ne m'enferme pas dans un hospice. » Iréna s'indigna, prit sa main dans la sienne, y déposa un baiser et dit : « À quoi penses-tu donc ? Tu seras toujours avec moi. »

La mort est à présent un hôte dans la maison. Tantôt elle revêt l'apparence du médecin de haute stature qui ressemble à un prêtre catholique venu écouter la confession d'un mourant, tantôt elle prend les traits de Leiman le retraité, qui vient faire des exercices de physiothérapie avec Ernest. À maintes reprises elle faillit dire au médecin : Nous attendons d'un médecin le bon médicament, et pas diverses consolations. Leiman est un homme cynique, son cynisme est perceptible dans chacune de ses paroles. Une fois elle l'a entendu dire à Ernest : « L'homme est une étrange créature, si attirée par la vie. Qu'y a-t-il donc dans la vie pour qu'il s'y accroche autant ? » Elle ne s'était pas retenue, était allée vers lui et avait dit : « Monsieur n'a pas à faire part de ses considérations à ses patients.

– Que leur ferai-je donc entendre, des chansons douces ?

– Qu'il garde ses pensées pour lui et ne les expose pas », avait-elle dit d'une voix cassante.

Ernest a remarqué qu'Iréna a changé ces dernières semaines. Elle le protège tel un garde du corps, attentive, et chaque fois que l'ange de la Mort s'approche de la fenêtre, elle bondit sur ses jambes et le chasse. L'ange de la Mort respecte apparemment sa promptitude et bat en retraite, mais parfois la présence ferme d'Iréna éveille la colère de l'ange de la Mort qui se réfugie dans l'embrasure de la fenêtre. Iréna ne renonce pas : elle baisse le store. Il y a des nuits où Ernest dort dans ses bras et le matin il se lève plein de vie et d'envie. Il n'y a pas plus heureuse alors qu'Iréna. Elle prépare le petit déjeuner et s'attarde auprès de lui. Le soir, elle le lave, puis lui masse les mains et les pieds avec une crème. Il y a quelques jours, il lui a raconté que dans sa compagnie il y avait une infirmière russe âgée de vingt-cinq ans qui prenait soin des soldats blessés comme une mère. Elle en oubliait de dormir et restait éveillée toute la nuit ; elle chantait et leur racontait la vie dans le Caucase. Vers la fin de la guerre, elle fut atteinte par un obus et mourut dans d'atroces souffrances. Les soldats de la compagnie marchèrent derrière son cercueil en pleurant comme des enfants.

48

Un matin il ouvrit les yeux, quitta son lit et dit : « J'ai rêvé cette nuit que j'étais dans la maison de mes parents. Mon père était allongé sur le canapé et ma mère était à la cuisine. Ils étaient heureux que je sois de retour. J'espérais que mon père prononcerait un mot exprimant sa joie mais aucun son ne sortit de sa bouche. À son habitude, il me contemplait de son regard fatigué, qui n'avait changé en rien, comme s'il disait : Qu'y a-t-il à dire encore ? Mais ma mère, contrairement à lui, s'émut, s'approcha de moi et dit : "Je suis si heureuse que tu sois rentré à la maison. Je savais qu'un jour tu reviendrais mais j'ignorais quand. Ton père n'y croyait pas mais moi, si. Dommage que je n'aie rien pour t'accueillir." À ces mots, le visage de mon père s'éclaira de ce même sourire sceptique qu'il avait après une journée épuisante de travail à l'épicerie. Finalement il vainquit son silence et demanda : "Où vas-tu ? – Nulle part", répondis-je fermement. »

L'expression du visage du père avait été soudain comme un miroir pour Ernest. À présent il voyait avec précision combien sa propre expression ressemblait à celle de son père. Sa mère semblait en avoir conscience, elle disait toujours : « Tu ressembles à ton père. » Ernest refusait de l'accepter. Le scepticisme et la mélancolie n'étaient pas à ses yeux des qualités nobles. Et là, le rêve était venu comme pour le contrarier.

Iréna écouta et dit : « C'est un bon rêve.
– Comment le sais-tu ?
– Tes parents te protègent. »

La foi d'Iréna est simple, amarrée au Dieu de ses parents et au Dieu de ses grands-parents. Sa foi a une expression concrète : les bougies, les fleurs séchées, le recoin où elle se recueille avec ses grands-parents. Sa foi, ou plus exactement ses croyances, est son secret, elle en parle peu. Ernest en comprend une partie, et lorsqu'il lui arrive de poser des questions à leur sujet, elle se cabre, rougit et ne sait que répondre. Une croyance s'est ajoutée aux autres : l'écriture d'Ernest. Sa foi lui dit qu'Ernest écrit des choses importantes, peut-être même de nouvelles règles de vie. Elle espère qu'il lui en dira plus.

L'après-midi, si ses douleurs s'atténuent, il s'assied dans le fauteuil et lit la Bible. Parfois il en extrait un mot ou un verset dont il parle. La Bible ne sépare pas le ciel de la terre. Les pères nomades aimaient leurs femmes, les grands espaces et le bétail. C'étaient des vagabonds hardis, quelquefois cruels, mais en même temps attentifs aux cieux. La mort ne leur faisait pas peur. Lorsqu'un homme croit qu'il est un prolongement de ses pères, la mort n'a pas de prise sur lui.

Les Carpates sont à présent son sanctuaire. Il est manifeste qu'il lui arrive de ne pas être ici, mais adossé au tronc de l'acacia, ou assis près de cette fenêtre qui menait au ciel. Parfois il semble à Iréna qu'il prie. C'est une erreur, bien sûr. Ernest compulse pourtant le livre de prières et s'en émerveille, mais il ne prie pas. « Je doute qu'un Juif sache prier de nos jours », l'a-t-elle entendu dire.

Lorsque son âme se remplit de tout ce qu'Ernest lui raconte, ou de ce qu'il écrit, elle se sent obligée de partager ce qu'elle ressent avec ses parents. Elle court chez elle, range l'appartement, allume une bougie et s'assied à sa place.

Les parents sont revenus et ils sont heureux de tout ce qu'elle leur confie. À son grand regret, elle n'arrive pas à formuler les choses correctement. Il lui semble qu'elle ne leur a pas raconté l'essentiel, qu'elle a transformé l'insignifiant en essentiel. Souvent, au lieu de raconter, elle s'est mise à pleurer.

Son sommeil l'entraîne avec Ernest dans les Carpates. Depuis qu'il lui fait la lecture de ce qu'il écrit, les montagnes ne disparaissent pas de ses yeux, elle plonge dans leur obscurité et monte dans la lumière du matin qui brille entre les cimes des arbres. Parfois il lui semble qu'il lutte dans les profondeurs de la nuit avec les commissaires qui inspiraient la terreur aux commerçants juifs. L'expression de son visage est tendue, comme quelqu'un qui a tiré l'épée du fourreau et qui est prêt pour un duel. Une fois il lui a dit : « Les commissaires juifs étaient les pires, ils n'avaient pas pitié de leurs frères. » Elle eut peur, car il s'incluait dans ce pluriel.

La vie d'Ernest est à présent dans le corps d'Iréna. En rêve, elle l'a vu prier avec son grand-père et, le lendemain, elle lui a raconté le rêve. Ernest écouta et corrigea : « J'aimais Grand-père et j'aimais l'écouter prier, mais je ne connaissais pas les prières. Mon père les connaissait mais il avait perdu la capacité de prier. Lorsque je suis arrivé chez mon grand-père, le silence de mon père était déjà inscrit en moi. »

Chaque fois Ernest ouvre une nouvelle lucarne dans son âme. Ce qui remonte facilement à la surface chez elle est de l'ordre, pour lui, de l'ouverture de la mer Rouge. Dans sa vie, il y a beaucoup de lieux brûlants qui suscitent en lui stupeur ou colère lorsqu'il s'en approche.

« Tu n'es jamais en colère ? demanda-t-il à Iréna.

– Contre qui le serais-je ? » répondit-elle en haussant les épaules.

D'où lui vient cette force ? s'interroge-t-il, et il ne sait que répondre. La candeur, bien sûr, mais c'est une candeur qui n'est pas dénuée d'intelligence pratique. À son intelligence pratique se joint une joie simple. Elle n'exagère jamais, ne pose pas trop de questions, et dans les moments de détresse elle se tourne vers ses parents. C'est par eux que passe toujours le chemin qui la mène à Dieu.

49

Désormais il lui est difficile de se lever le matin. Iréna procède à sa toilette, passe une serviette sur son corps puis lui tend le rasoir. Ernest plaisante et dit qu'il est arrivé au stade du bébé dont on prend soin.

Son emploi du temps a changé. Il est éveillé la majeure partie de la journée, écrit deux heures et lit. Il brode des projets pour l'avenir : un livre sur les Juifs des Carpates. Il est persuadé que, s'il parvenait à prendre racine dans cette terre des merveilles, elle lui dévoilerait son âme. Il possède déjà une esquisse mais la route est encore longue, car les Carpates ne s'offrent pas à tout le monde. Il faut se rendre apte à y pénétrer, se défaire des confusions accumulées, et seulement alors commencer au commencement.

Ernest, couché dans son lit, évoque des images de son passé à Jérusalem. Son écriture était prisonnière de sujets universels déconnectés du temps et du lieu, éloignés de sa vie. Naguère il avait discuté de cela avec Samuel Joseph Agnon. Il lui accordait une grande confiance. Ernest appréciait la fidélité d'Agnon aux pères et à leur foi, et il était persuadé qu'il trouverait en lui un frère de pensée. Pourtant, Agnon n'encouragea pas ce rapprochement, au contraire ; il critiqua violemment sa ville, Czernowitz, ses sages, ses écrivains et ses poètes qui avaient pour la plupart adopté l'allemand, tout comme Ernest, l'avaient étoffé et avaient écrit dans cette langue. Il avait même trouvé tous les défauts imaginables à quelques grands hassidim de sa ville, ou plus exactement à leurs fils. Mais plus que tout il haïssait Jacob Frank, qui prétendait que la délivrance ne serait pas accordée à une génération qui la mérite, car aucune génération ne la mériterait assez, et c'est pour cela qu'il fallait la faire advenir maintenant, dans une génération entièrement fautive. Il fallait multiplier les péchés car « celui qui multiplie voit son action glorifiée ». Il avait contaminé plusieurs régions, mais avait fait surtout des adeptes en Galicie et en Bucovine.

À présent que les douleurs écourtent le sommeil d'Ernest, il regrette de ne pas avoir consacré de temps à l'étude de Jacob Frank. Comment ce charlatan avait-il pu fasciner des femmes et des hommes pour les entraîner vers ses pratiques obscures ? Qui sait ce qu'il était advenu de ces âmes et de leurs descendants ? Qui avait continué à vouer un culte à Frank, et qui avait payé pour ses fautes ? Il était d'accord avec Agnon pour dire que les âmes perdues ne disparaissent pas : elles se réincarnent et revêtent un nouveau visage dans une autre génération. En revanche, il s'opposait à Agnon lorsque celui-ci prétendait que chaque Juif de la région de Czernowitz devait fouiller son âme de crainte qu'une étincelle du feu étranger de l'homme maudit ne se soit glissée en elle. Ernest acceptait péniblement qu'Agnon ait exclu Buczacz de la zone d'influence du criminel, faisant ainsi porter toute la honte sur sa ville à lui. Buczacz, la ville natale d'Agnon, se trouvait en Galicie, et il était de notoriété publique qu'il n'y avait aucune ville ni aucun village en Galicie ou en Bucovine qui n'eût été empoisonné par ce scélérat.

Jacob Frank pesait sur leur relation et Ernest évitait de rencontrer Agnon. Il le croisa une fois au café Hermon et lui dit : « Les racines de ma terre originelle sont à Zalko, dans les montagnes des Carpates, là où le Baal Chem Tov s'est isolé durant plusieurs jours.

– Et comment se fait-il que tu te sois retrouvé à Czernowitz ?

– Parce que mes parents s'y sont trouvés.

– Dommage », avait coupé Agnon sans plus d'explication.

Après cette rencontre au Hermon, il ne le vit plus. Les êtres égoïstes lui déplaisaient profondément. À l'égoïsme d'Agnon s'ajoutait l'arrogance, et c'était regrettable. Il était le seul de sa génération à détenir la clé du monde des pères, et il était regrettable qu'il ne l'ait pas transmise.

À son réveil le matin, Ernest voit parfois son grand-père, mais pas comme il lui était apparu à l'aube de son enfance. Il est plus grand, comme si les cieux l'avaient attiré vers eux. À la vue de Grand-père, il voudrait dire : Iréna ma chérie, donne-moi le livre de prières, je veux toucher sa couverture, mais il pense aussitôt qu'elle risque de le trouver stupide.

Lorsque sa fatigue s'accentue, il lui demande de lui lire un chapitre de la Bible. Sa voix est jeune, et les versets qu'elle lit ont une sonorité agréable. Elle lui a déjà lu quelques chapitres de la Genèse. Les récits de la Bible lui vont bien. Elle n'a peut-être pas la sagacité des pères, mais leur candeur est enracinée en elle.

Elle lit et ne pose pas de questions. Lorsque Ernest pose une question, elle lève la tête du livre comme si elle s'en étonnait. Elle n'exprime pas de réserves et ne cherche pas de contradictions. Ce que les écrits racontent se transforme pour elle en images.

« Iréna », dit-il chaque fois qu'elle achève un chapitre.

Elle relève la tête.

« Quoi ?

– Je veux juste te dire que tu lis bien. »

Chaque jour il découvre en elle une nouvelle facette : cette fois, ses doigts. Ils sont longs, aux articulations légèrement osseuses. Lorsqu'elle déplace un objet ou une fleur, elle les relève délicatement. Ses doigts ne saisissent pas avec force, c'est pour cela qu'elle s'aide souvent de l'autre main. Lorsqu'elle le lave ou étale une crème sur son corps, leur toucher est plein, mais pas étouffant.

50

Ernest n'écrit plus régulièrement, ni au même rythme. Son écriture est entrecoupée de pauses et il lit le peu qu'il produit à Iréna. Elle l'écoute religieusement. Elle sent qu'il lui transmet des choses importantes. Elle ne sait pas si ce sont des choses concrètes ou des mystères. Elle sent que son monde s'élargit de jour en jour.

Parfois, il lui semble que dans son enfance Ernest a été formé pour être prêtre, comme le jeune Samuel dans le sanctuaire du prophète Élie. Ernest aussi a contemplé la nature et les hommes, entendu des voix, mais les circonstances de la vie l'ont fait sortir du chemin des pères vers les attraits du Parti communiste. À présent il essaie de comprendre pourquoi sa vie a été déviée de son cours, pourquoi de longues années il a servi Moloch et pourquoi ses pères ne l'ont pas aidé à échapper au piège. Les pères sont désormais sa Terre promise, il les cherche dans la Bible. Il ne doute pas qu'un lien fort existe entre ceux de la Genèse et ceux des Carpates, mais il n'en a aucune preuve.

Iréna, à vrai dire, ne s'intéresse pas à des questions dont le sens lui échappe. Elle se concentre sur les souffrances d'Ernest, et sur tout ce qui est en son pouvoir pour les alléger. Les douleurs d'Ernest n'ont pas d'expression extérieure, il les maîtrise, mais Iréna sait combien elles sont intenses. Elle prend soin de lui servir des plats qui lui plaisent et de lui donner les médicaments aux heures dites, elle change les oreillers lorsqu'il le faut et le distrait. Lorsque les douleurs l'assaillent, elle se blottit contre lui et sent que la barrière qui les séparait est tombée, et qu'elle est prête à partir avec lui partout où les routes les mèneront.

Iréna est une femme semblable aux autres et pourtant différente. Lorsqu'elle est assise près de lui, ou même à une certaine distance, il lui semble qu'elle touche ses pensées. Dans son monde il n'y a pas de conflits, de réserves, de plaintes, de griefs ou de remords. Elle bénit le Bon et le Beau ou se tait.

Souvent dans ses rêves il la voit, debout entre les arbres des Carpates, interrogative, ou en train de travailler au potager. Le soir, elle prend la bêche sur son épaule et rentre à la maison.

Il est sûr que ses grands-parents se seraient réjouis de la connaître et l'auraient accueillie à bras ouverts. Pour sa part, Iréna se serait émerveillée des charmes des Carpates. Iréna aime les instruments en bois, le ciel bleu et les champs fleuris. Elle est capable de pleurer à la vue d'une fleur. Elle est sentimentale. Le sentimentalisme ne sied pas à tout le monde mais à Iréna, oui. Le père et la mère auraient été également heureux de la connaître et l'auraient accueillie à bras ouverts. Une maison où le silence et la mélancolie règnent toute la journée espère toujours un être dont le visage rayonne de vie.

Ernest sort de ses pensées et demande :

« Iréna, tu me comprends ? »

Elle ne sait pas toujours exactement où il se trouve au même moment, ni quelles pensées ce lieu suscite en lui, mais elle devine la plupart du temps. Lorsqu'il lui raconte les montagnes des Carpates les paysages ne lui sont pas étrangers. Souvent elle a eu envie de lui dire : Ne t'inquiète pas, même si je n'ai pas été là-bas, je ne suis pas étrangère sur ces chemins. Tu m'as déjà souvent emmenée là-bas.

Lorsque les douleurs le réveillent et que ses étreintes n'y font rien, elle n'hésite pas et lui injecte un calmant. La piqûre agit immédiatement et Ernest est si plein de gratitude qu'il la serre contre lui et l'embrasse.

Les douleurs torturent sa chair mais Ernest n'est pas un homme malheureux. La présence d'Iréna, sa proximité, lui ouvre des couloirs vers des mondes qu'il n'a pas connus, ou qu'il a connus mais dans lesquels il était aveugle. Il ne s'était jamais représenté un tel amour.

Certaines nuits, il demeure éveillé et lui dévoile des pans entiers de sa vie. Lorsqu'il parle des grands-parents, il ressemble à son grand-père : un fier paysan, la foi en le Dieu de ses pères chevillée en lui, le front large et déterminé. Mais lorsqu'il raconte ses parents, son visage s'assombrit aussitôt, leur mélancolie imprègne ses joues et il est aussi perdu qu'eux. Mais il ne faut guère s'inquiéter car le temps passé dans l'armée rouge le ressuscite.

51

Ainsi passèrent les jours, et ils parvinrent au mois d'avril. Ernest restait allongé au lit la majeure partie de la journée, sommeillant, compulsant un livre ou contemplant les allées et venues d'Iréna : son corps est plein mais ses gestes sont rapides. La maison est ordonnée et éclatante, dans chaque coin il y a un vase avec des fleurs ou un tableau représentant un paysage. Son goût est à l'image de sa personnalité : simple et sans ornement superflu. Le recoin où elle communie avec ses parents ne comporte rien non plus qui blesse le regard. Lorsqu'elle termine les tâches ménagères, elle s'assied près de la table ou dans la cuisine. « Une femme dévouée à sa maison », dit le médecin. Cependant, Ernest sait qu'il y a un secret dans sa simplicité. Il n'a pas encore décodé ce secret, mais il le perçoit toute la journée.

Lorsque le soir arrive, elle lui transmet le sentiment que la vie est une suite qui se poursuit vers l'inconnu. Il n'y a pas lieu d'écouter les fantômes, ni la voix du médecin qui rappelle régulièrement que la séparation est inévitable. Iréna, de toute façon, n'abandonnera pas Ernest à lui-même, dans aucune des stations qui l'attendent. Iréna voit à présent Ernest sous les traits de ce sous-officier qui a pris le commandement après que tous les officiers supérieurs ont été tués ou capturés, a organisé ce qui restait du régiment et dirigé une contre-offensive humiliante pour l'ennemi. En récompense de cet acte, il reçut la médaille des héros de l'Union soviétique et fut élevé au rang de lieutenant-colonel.

Cela ne fait que trois ans qu'elle travaille chez Ernest. Elle ne peut plus imaginer sa vie sans cette maison et sans Ernest. Sa propre maison s'est éloignée d'elle et a pris l'apparence d'un lieu dans lequel la vie aurait été embaumée. Ernest est un patient exemplaire. Il ressemble à un soldat grièvement blessé au front mais dans les os duquel brûle la détermination de défaire l'ennemi. Et même à présent, si on lui donnait des béquilles, il rejoindrait son bataillon.

Lorsque Iréna décèle cette détermination, sa foi s'affermit : Ernest fera mentir toutes les prédictions des médecins, il se relèvera de ses maladies et reprendra ses anciennes habitudes. Beaucoup de travail l'attend encore et il aura besoin d'un verre ou deux dans la journée. Les médecins lui ont interdit de boire mais Iréna lui servira un verre en cachette pour renforcer son moral. Il boira et lui lancera un regard de vainqueur.

Il y a eu des jours où l'écriture de Kafka planait au-dessus de lui, et sa voix s'étranglait. Grâce soit rendue à Dieu, il n'est plus sous l'influence du grand écrivain. Kafka est entièrement tourné vers l'intérieur, même le monde extérieur est son intériorité. Rien d'étonnant à ce qu'il ait conquis les gens de son origine. Ernest explique à Iréna pourquoi il a été attiré par Kafka, et quels dangers étaient tapis dans cette attirance. Iréna comprend à présent presque tout ce qu'il dit, et devine ce qu'elle ne comprend pas.

Après cela il écrivit une courte lettre à Iréna, dans laquelle il lui confiait que dans les jours prochains il avait l'intention de détruire les manuscrits qu'il conservait dans son armoire. Il agissait ainsi sereinement, avec un sentiment de nécessité absolue. Il ne garderait que ce qu'il avait écrit ces deux dernières années. Il lui demandait de ne pas lui en vouloir et de ne pas s'en rendre responsable. Et plus encore : il considérait ses derniers écrits comme un travail commun avec elle ; elle ne l'avait pas seulement aidé jour après jour, heure après heure, elle avait été l'esprit qui animait son écriture. C'est pour cela que si, ce manuscrit était un jour publié, il faudrait inscrire sur la couverture « Ernest et Iréna Blumenfeld ». C'était clairement sa volonté.

Dès qu'il eut terminé la rédaction de la lettre, il la posa entre ses papiers, ferma les yeux et s'endormit.

Les pensées d'Iréna ne sont pas facilement troublées. Elle prépare des *blintches* fourrés au fromage blanc et aux raisins. Elle sait que ce plat plaît à Ernest. Les préparatifs, la friture et l'attente de l'instant où il se réveillera occupent ses pensées, et elle est sûre que sa vie, à partir de maintenant, se déroulera à ce rythme de longues années encore. Chaque jour auprès de lui est un déploiement d'ailes, un envol vers les hauteurs. Si elle pouvait porter ses douleurs, ou au moins une partie, elle serait plus heureuse. Au fil des jours elle a inventé quelques stratagèmes pour le réjouir, comme lui donner le matin la chemise couleur brique fraîchement repassée. Elle sait qu'il aime cette chemise et que, s'il la porte, toute la matinée lui sera agréable.

Chaque mois elle comprend mieux la langue d'Ernest. Il lui parle en un allemand mâtiné d'hébreu. Elle aime beaucoup ce mélange. Ces dernières semaines, les phrases en hébreu se sont multipliées, et elle considère cela aussi comme un bon signe.

Plus d'une fois il a regretté en sa présence de ne pas maîtriser suffisamment l'hébreu pour écrire dans cette langue. En son temps il avait envié Léa Goldberg, qui parlait plusieurs langues mais avait adopté l'hébreu comme langue de création. Il faut dire à son actif qu'elle ne l'avait jamais pressé avec des phrases telles que « Quand donc commenceras-tu à écrire en hébreu ? ».

Elle avait lu quelques-uns de ses manuscrits et le considérait comme un écrivain qui avait sa propre voix. Ils se retrouvaient souvent au Hermon ou au café Atara. Mais à présent, grâce soit rendue à Dieu, il possédait une carte sur laquelle les chemins étaient inscrits. Sa vie n'était plus doute et confusion. Il se lève le matin, et si son corps le porte, il se met en route. Les Carpates sont un paysage touffu, mais il s'aide de sa mémoire et, par miracle, la mémoire le conduit vers les rochers noirs qui émergent de la terre, et, de là, la route vers le sanctuaire de Grand-père est courte.

Au seuil du sanctuaire, l'odeur du bois envahit ses narines, mais plus puissante encore est la terre. Il la sent dans tout son corps, elle l'enveloppe et l'éloigne du tumulte qui s'était emparé de lui. Il va demeurer ici quelques années, il va s'imprégner de la révélation et du mystère dissimulés dans ce silence.

Une journée suit l'autre et Iréna sent qu'elle se fortifie. Les nuits sans sommeil ne laissent aucune trace sur elle. Si on lui confiait pour mission de voyager au loin afin d'apporter un médicament à Ernest, elle embarquerait aussitôt. Elle sent que des forces multiples se sont accumulées dans ses bras et ses jambes, et qu'elle pourrait fournir un effort plus grand encore.

Le médecin à la haute stature vient deux fois par semaine. Il prescrit un médicament supplémentaire ou modifie les doses. À vrai dire, il vient surtout pour parler d'art avec Ernest. Dès l'adolescence il avait aspiré à vivre entre la littérature et l'art, mais ses parents l'avaient poussé vers la médecine. Il s'était opposé à eux, puis avait fini par accepter leur position et était parti étudier la médecine à Vienne. Il espérait qu'un jour, peut-être à la retraite, il commencerait à écrire. Il oublia un instant qu'il était médecin et questionna le patient sur ses rites d'écriture, et sur les sources qui le nourrissaient.

Ernest ne lui cacha pas que de longues années il avait erré dans des champs qui n'étaient pas les siens, mais ces dernières années il avait découvert un réservoir d'eau vive enfoui en lui.

52

L'état d'Ernest est grave, mais stationnaire. Le médecin qui vient l'examiner le questionne sur les secrets de son écriture et Ernest lui répond. Lorsque Ernest dit que le silence est préférable à la parole, le médecin s'étonne : « Qu'apporte le silence, et pourquoi est-il préférable à la parole, qui fait le lien entre les hommes ?

– Le silence est l'expression absolue, dit Ernest.

– Mais il reste muet », dit le médecin, heureux d'avoir trouvé les mots justes.

Il lève la tête, observe Ernest et pense : Cet homme est si malade, et pourtant il n'est pas perdu dans le monde. Il ne prêche pas, ne fait pas semblant d'être un érudit, il travaille, et est heureux dans son travail.

Il semble à Iréna que l'humeur d'Ernest est stable à présent et que ses pensées sont tranquilles. Il ne renonce pas à s'asseoir à son bureau. Dès qu'Iréna croit apercevoir l'ange de la Mort tapi près de la fenêtre, elle se lève et le chasse, comme on chasse un oiseau de proie.

Ils passent des heures assis, ensemble, et se taisent la plupart du temps. Iréna est à présent plus sûre que jamais que la vie d'Ernest se poursuivra bien au-delà de ce printemps au ciel clair et à la douce chaleur qui se fondra dans l'été, et de là vers l'automne et l'hiver, pour revenir encore.

Lorsque Ernest écrit une phrase, il aspire de toutes ses forces à lui donner la forme la plus achevée. S'il est satisfait d'un passage ou d'une page, son visage s'éclaire. Iréna connaît chaque signe de cette joie qui le rajeunit d'un coup.

Plus que jamais importe à Ernest que son écriture soit claire, ordonnée, sans quoi que ce soit de superflu, ni d'exagéré. Il efface une phrase lorsqu'elle comporte un soupçon de coquetterie ou d'enjolivement. Il a même ôté le mot « amusement » d'une phrase car il lui semblait trop mou. L'écriture doit aller au fait, sans contorsion. Seuls les êtres à l'âme tourmentée ont une écriture sinueuse, brumeuse, il semble toujours qu'ils ont quelque chose à dissimuler.

Une écriture juste doit être comme la chemise paysanne de Grand-père : en coton simple, sans ornement, confortable. Une fois, Grand-père lui a dit que dans la Torah il n'y avait pas un mot de trop, que chaque mot était compté, à sa place.

Il y a quelques jours, il a demandé pardon aux ancêtres, aux parents, à Tina et Hilga, puis il s'est ravisé. Une demande de pardon qui n'est pas accompagnée d'un acte est une demande hypocrite. Dans la génération des grands-parents, lorsqu'un homme fautait, il partait en exil pour s'amender en aidant les pauvres et les opprimés.

S'il possédait la foi de ses pères, il remercierait Dieu de lui avoir montré le chemin vers lui-même, vers ses ancêtres et ses parents. Il lui est plus facile d'écrire sur ses grands-parents que sur ses parents, qui lui ont légué le doute et la mélancolie. Ces traits ont ligoté son intériorité de longues années et ne lui ont pas permis de voir en lui-même. Chaque fois qu'il souhaitait regarder, le doute lui murmurait : Qu'y trouveras-tu ?

Mais à présent Iréna est avec lui. Sa présence est la porte vers la vie. Près d'elle, chaque mot recherché ou précieux semble grossier. À présent il n'emploie que des mots à l'intérieur desquels on peut voir, des mots qui n'ont pas un double sens, que l'on peut poser comme une tranche de pain ou un pot de lait.

Lorsqu'il s'enthousiasme, il se voit assis, en train d'écrire un essai sur le récit biblique : sur le choix des mots, l'extrême factualité, l'économie des descriptions et des enjolivures, l'ascèse des explications et interprétations, l'absence d'allusions sur l'apparence ; simplicité, droiture, un étonnement dénué de doutes, un silence entre les phrases, entre les mots.

La nuit, Iréna rêva qu'ils allaient ensemble dans les Carpates. Ernest était vêtu d'un pantalon kaki et d'un blouson militaire, une casquette sur la tête. Il était grand et léger. Iréna aussi était légère, et s'extasiait devant les merveilleux pâturages. « D'où me vient cette connaissance intime avec ce lieu ? Je n'ai pourtant jamais été ici », s'étonna-t-elle. Ernest sourit et dit : « Mais nous sommes nés ici. Par erreur nous avons été chassés de ce jardin d'Éden et exilés. Mais l'erreur a été réparée. Nous sommes enfin revenus à l'endroit où Dieu et l'homme habitent ensemble, et bientôt nous arriverons au sanctuaire.

– Au sanctuaire ? s'étonna Iréna.

– Il n'y a rien qui puisse te faire peur. La maison de Grand-père est son sanctuaire. Il ne comporte pas d'autel, on n'y sacrifie pas, c'est juste la porte du ciel. »

Ernest étreint Iréna et la soulève, il l'étreint et la soulève de nouveau. Dans ses bras, elle est légère, elle est un oiseau. Elle se pend à son cou. Les cheveux d'Ernest exhalent une odeur de pin, elle s'en enivre.

« J'ai fait un rêve, confia-t-elle à Ernest.

– Et qu'as-tu vu ?

– Les Carpates, et au milieu des pâturages, rien que nous deux. »

Ernest voudrait la remercier de l'avoir tiré des profondeurs du désespoir pour l'emmener vers une vie où se trouve la lumière du soleil, mais il ne sait comment le lui dire sans la troubler.

L'après-midi, Ernest se sentit mieux. Il s'assit et écrivit. La chemise couleur brique embellissait son visage. L'effort était manifeste dans ses mains, mais pas sur son visage. Une lumière inondait son front et un instant elle faillit aller vers lui pour lui dire : Ernest, tu ne sais pas quel bonheur tu m'as donné lorsque tu m'as soulevée, j'étais si légère dans tes bras.

Plus tard elle lui servit un verre de thé. Ernest but et continua à écrire. Iréna ne doutait plus que tout serait ainsi désormais. Ernest écrirait, et chaque jour il découvrirait un nouveau lieu dans les Carpates. De son côté elle le protégerait, le laverait, lui préparerait des plats qui lui plaisent, repasserait ses vêtements préférés et s'assiérait près de lui. Le médecin viendrait et ils parleraient d'écriture ; elle fortifierait la maison de tous côtés, et aucune créature malfaisante n'oserait s'approcher de la fenêtre.

RÉALISATION : PAO ÉDITIONS DU SEUIL
IMPRESSION : BRODARD ET TAUPIN À LA FLÈCHE
DÉPÔT LÉGAL : OCTOBRE 2006. N° 90119 (37637)
IMPRIMÉ EN FRANCE

Collection Points

DERNIERS TITRES PARUS

P1035. Disgrâce, *J.M. Coetzee*
P1036. L'Âge de fer, *J.M. Coetzee*
P1037. Les Sombres Feux du passé, *Chang-rae Lee*
P1038. Les Voix de la liberté, *Michel Winock*
P1039. Nucléaire Chaos, *Stéphanie Benson*
P1040. Bienheureux ceux qui ont soif..., *Anne Holt*
P1041. Le Marin à l'ancre, *Bernard Giraudeau*
P1042. L'Oiseau des ténèbres, *Michael Connelly*
P1043. Les Enfants des rues étroites, *Abdelhak Sehrane*
P1044. L'Île et Une nuit, *Daniel Maximin*
P1045. Bouquiner, *Annie François*
P1046. Nat Tate, *William Boyd*
P1047. Le Grand Roman indien, *Shashi Tharoor*
P1048. Les Lettres mauves, *Lawrence Block*
P1049. L'Imprécateur, *René-Victor Pilhes*
P1050. Le Stade de Wimbledon, *Daniele Del Giudice*
P1051. La Deuxième Gauche, *Hervé Hamon et Patrick Rotman*
P1052. La Tête en bas, *Noëlle Châtelet*
P1053. Le Jour de la cavalerie, *Hubert Mingarelli*
P1054. Le Violon noir, *Maxence Fermine*
P1055. Vita Brevis, *Jostein Gaarder*
P1056. Le Retour des caravelles, *António Lobo Antunes*
P1057. L'Enquête, *Juan José Saer*
P1058. Pierre Mendès France, *Jean Lacouture*
P1059. Le Mètre du monde, *Denis Guedj*
P1060. Mort d'une héroïne rouge, *Qiu Xiaolong*
P1061. Angle mort, *Sara Paretsky*
P1062. La Chambre d'écho, *Régine Detambel*
P1063. Madame Seyerling, *Didier Decoin*
P1064. L'Atlantique et les Amants, *Patrick Grainville*
P1065. Le Voyageur, *Alain Robbe-Grillet*
P1066. Le Chagrin des Belges, *Hugo Claus*
P1067. La Ballade de l'impossible, *Haruki Murakami*
P1068. Minoritaires, *Gérard Miller*
P1069. La Reine scélérate, *Chantal Thomas*
P1070. Trompe la mort, *Lawrence Block*
P1071. V'là aut' chose, *Nancy Star*
P1072. Jusqu'au dernier, *Deon Meyer*
P1073. Le Rire de l'ange, *Henri Gougaud*
P1074. L'Homme sans fusil, *Ysabelle Lacamp*
P1075. Le Théoriste, *Yves Pagès*

P1076. L'Artiste des dames, *Eduardo Mendoza*
P1077. Les Turbans de Venise, *Nedim Gürsel*
P1078. Zayni Barakat, *Ghamal Ghitany*
P1079. Éloge de l'amitié, ombre de la trahison
Tahar Ben Jelloun
P1080. La Nostalgie du possible. Sur Pessoa
Antonio Tabucchi
P1081. La Muraille invisible, *Henning Mankell*
P1082. Ad vitam aeternam, *Thierry Jonquet*
P1083. Six Mois au fond d'un bureau, *Laurent Laurent*
P1084. L'Ami du défunt, *Andreï Kourkov*
P1085. Aventures dans la France gourmande, *Peter Mayle*
P1086. Les Profanateurs, *Michael Collins*
P1087. L'Homme de ma vie, *Manuel Vázquez Montalbán*
P1088. Wonderland Avenue, *Michael Connelly*
P1089. L'Affaire Paola, *Donna Leon*
P1090. Nous n'irons plus au bal, *Michelle Spring*
P1091. Les Comptoirs du Sud, *Philippe Doumenc*
P1092. Foraine, *Paul Fournel*
P1093. Mère agitée, *Nathalie Azoulay*
P1094. Amanscale, *Maryline Desbiolles*
P1095. La Quatrième Main, *John Irving*
P1096. La Vie devant ses yeux, *Laura Kasischke*
P1097. Foe, *J.M. Coetzee*
P1098. Les Dix Commandements, *Marc-Alain Ouaknin*
P1099. Errance, *Raymond Depardon*
P1100. Dr la Mort, *Jonathan Kellerman*
P1101. Tatouage à la fraise, *Lauren Henderson*
P1102. La Frontière, *Patrick Bard*
P1103. La Naissance d'une famille, *T. Berry Brazelton*
P1104. Une mort secrète, *Richard Ford*
P1105. Blanc comme neige, *George P. Pelecanos*
P1106. Jours tranquilles à Belleville, *Thierry Jonquet*
P1107. Amants, *Catherine Guillebaud*
P1108. L'Or du roi, *Arturo Perez-Reverte*
P1109. La Peau d'un lion, *Michael Ondaatje*
P1110. Funérarium, *Brigitte Aubert*
P1111. Requiem pour une ombre, *Andrew Klavan*
P1113. Tigre en papier, *Olivier Rolin*
P1114. Le Café Zimmermann, *Catherine Lépront*
P1115. Le Soir du chien, *Marie-Hélène Lafon*
P1116. Hamlet, pan, pan, pan, *Christophe Nicolas*
P1117. La Caverne, *José Saramago*
P1118. Un ami parfait, *Martin Suter*
P1119. Chang et Eng le double-garçon, *Darin Strauss*
P1120. Les Amantes, *Elfriede Jelinek*
P1121. L'Étoffe du diable, *Michel Pastoureau*

P1122. Meurtriers sans visage, *Henning Mankell*
P1123. Taxis noirs, *John McLaren*
P1124. La Revanche de Dieu, *Gilles Kepel*
P1125. À ton image, *Louise L. Lambrichs*
P1126. Les Corrections, *Jonathan Franzen*
P1127. Les Abeilles et la Guêpe, *François Maspero*
P1128. Les Adieux à la Reine, *Chantal Thomas*
P1129. Dondog, *Antoine Volodine*
P1130. La Maison Russie, *John le Carré*
P1131. Livre de chroniques, *António Lobo Antunes*
P1132. L'Europe en première ligne, *Pascal Lamy*
P1133. Les Nouveaux Maîtres du monde, *Jean Ziegler*
P1134. Tous des rats, *Barbara Seranella*
P1135. Des morts à la criée, *Ed Dee*
P1136. Allons voir plus loin, veux-tu ?, *Anny Duperey*
P1137. Les Papas et les Mamans, *Diastème*
P1138. Phantasia, *Abdelwahab Meddeb*
P1139. Métaphysique du chien, *Philippe Ségur*
P1140. Mosaïque, *Claude Delarue*
P1141. Dormir accompagné, *António Lobo Antunes*
P1142. Un monde ailleurs, *Stewart O'Nan*
P1143. Rocks Springs, *Richard Ford*
P1144. L'Ami de Vincent, *Jean-Marc Roberts*
P1145. La Fascination de l'étang, *Virginia Woolf*
P1146. Ne te retourne pas, *Karin Fossum*
P1147. Dragons, *Marie Desplechin*
P1148. La Médaille, *Lydie Salvayre*
P1149. Les Beaux Bruns, *Patrick Gourvennec*
P1150. Poids léger, *Olivier Adam*
P1151. Les Trapézistes et le Rat, *Alain Fleischer*
P1152. À livre ouvert, *William Boyd*
P1153. Péchés innombrables, *Richard Ford*
P1154. Une situation difficile, *Richard Ford*
P1155. L'éléphant s'évapore, *Haruki Murakami*
P1156. Un amour dangereux, *Ben Okri*
P1157. Le Siècle des communismes, *ouvrage collectif*
P1158. Funky Guns, *George P. Pelecanos*
P1159. Les Soldats de l'aube, *Deon Meyer*
P1160. Le Figuier, *François Maspero*
P1161. Les Passagers du Roissy-Express, *François Maspero*
P1162. Visa pour Shanghai, *Qiu Xiaolong*
P1163. Des dahlias rouge et mauve, *Frédéric Vitoux*
P1164. Il était une fois un vieux couple heureux
Mohammed Khaïr-Eddine
P1165. Toilette de chat, *Jean-Marc Roberts*
P1166. Catalina, *Florence Delay*
P1167. Nid d'hommes, *Lu Wenfu*

P1168. La Longue Attente, *Ha Jin*
P1169. Pour l'amour de Judith, *Meir Shalev*
P1170. L'Appel du couchant, *Gamal Ghitany*
P1171. Lettres de Drancy
P1172. Quand les parents se séparent, *Françoise Dolto*
P1173. Amours sorcières, *Tahar Ben Jelloun*
P1174. Sale Temps, *Sara Paretsky*
P1175. L'Ange du Bronx, *Ed Dee*
P1176. La Maison du désir, *France Huser*
P1177. Cytomégalovirus, *Hervé Guibert*
P1178. Les Treize Pas, *Mo Yan*
P1179. Le Pays de l'alcool, *Mo Yan*
P1180. Le Principe de Frédelle, *Agnès Desarthe*
P1181. Les Gauchers, *Yves Pagès*
P1182. Rimbaud en Abyssinie, *Alain Borer*
P1183. Tout est illuminé, *Jonathan Safran Foer*
P1184. L'Enfant zigzag, *David Grossman*
P1185. La Pierre de Rosette, *Robert Solé et Dominique Valbelle*
P1186. Le Maître de Pétersbourg, *J.M. Coetzee*
P1187. Les Chiens de Riga, *Henning Mankell*
P1188. Le Tueur, *Eraldo Baldini*
P1189. Un silence de fer, *Marcello Fois*
P1190. La Filière du jasmin, *Denise Hamilton*
P1191. Déportée en Sibérie, *Margarete Buber-Neumann*
P1192. Les Mystères de Buenos Aires, *Manuel Puig*
P1193. La Mort de la phalène, *Virginia Woolf*
P1194. Sionoco, *Leon de Winter*
P1195. Poèmes et Chansons, *Georges Brassens*
P1196. Innocente, *Dominique Souton*
P1197. Taking Lives / Destins violés, *Michael Pye*
P1198. Gang, *Toby Litt*
P1199. Elle est partie, *Catherine Guillebaud*
P1200. Le Luthier de Crémone, *Herbert Le Porrier*
P1201. Le Temps des déracinés, *Elie Wiesel*
P1202. Les Portes du sang, *Michel Del Castillo*
P1203. Featherstone, *Kirsty Gunn*
P1204. Un vrai crime pour livres d'enfants, *Chloe Hooper*
P1205. Les Vagabonds de la faim, *Tom Kromer*
P1206. Mister Candid, *Jules Hardy*
P1207. Déchaînée, *Lauren Henderson*
P1208. Hypnose mode d'emploi, *Gérard Miller*
P1209. Corse, *Jean-Noël Pancrazi et Raymond Depardon*
P1210. Le Dernier Viking, *Patrick Grainville*
P1211. Charles et Camille, *Frédéric Vitoux*
P1212. Siloé, *Paul Gadenne*
P1213. Bob Marley, *Stephen Davies*
P1214. Ça ne peut plus durer, *Joseph Connolly*

P1215. Tombe la pluie, *Andrew Klavan*
P1216. Quatre Soldats, *Hubert Mingarelli*
P1217. Les Cheveux de Bérénice, *Denis Guedj*
P1218. Les Garçons d'en face, *Michèle Gazier*
P1219. Talion, *Christian de Montella*
P1220. Les Images, *Alain Rémond*
P1221. La Reine du Sud, *Arturo Perez-Reverte*
P1222. Vieille Menteuse, *Anne Fine*
P1223. Danse, danse, danse, *Haruki Murakami*
P1224. Le Vagabond de Holmby Park, *Herbert Lieberman*
P1225. Des amis haut placés, *Donna Leon*
P1226. Tableaux d'une ex., *Jean-Luc Benoziglio*
P1227. La Compagnie, le grand roman de la CIA, *Robert Little*
P1228. Chair et Sang, *Jonathan Kellerman*
P1230. Darling Lilly, *Michael Connelly*
P1231. Les Tortues de Zanzibar, *Giles Foden*
P1232. Il a fait l'idiot à la chapelle !, *Daniel Auteuil*
P1233. Lewis & Alice, *Didier Decoin*
P1234. Dialogue avec mon jardinier, *Henri Cueco*
P1235. L'Émeute, *Shashi Tharoor*
P1236. Le Palais des Miroirs, *Amitav Ghosh*
P1237. La Mémoire du corps, *Shauna Singh Baldwin*
P1238. Middlesex, *Jeffrey Eugenides*
P1239. Je suis mort hier, *Alexandra Marinina*
P1240. Cendrillon, mon amour, *Lawrence Block*
P1241. L'Inconnue de Baltimore, *Laura Lippman*
P1242. Berlinale Blitz, *Stéphanie Benson*
P1243. Abattoir 5, *Kurt Vonnegut*
P1244. Catalogue des idées reçues sur la langue
Marina Yaguello
P1245. Tout se paye, *Georges P. Pelecanos*
P1246. Autoportrait à l'ouvre-boîte, *Philippe Ségur*
P1247. Tout s'avale, *Hubert Michel*
P1248. Quand on aime son bourreau, *Jim Lewis*
P1249. Tempête de glace, *Rick Moody*
P1250. Dernières Nouvelles du bourbier, *Alexandre Ikonnikov*
P1251. Le Rameau brisé, *Jonathan Kellerman*
P1252. Passage à l'ennemie, *Lydie Salvayre*
P1253. Une saison de machettes, *Jean Hatzfeld*
P1254. Le Goût de l'avenir, *Jean-Claude Guillebaud*
P1255. L'Étoile d'Alger, *Aziz Chouaki*
P1256. Cartel en tête, *John McLaren*
P1257. Sans penser à mal, *Barbara Seranella*
P1258. Tsili, *Aharon Appelfeld*
P1259. Le Temps des prodiges, *Aharon Appelfeld*
P1260. Ruines-de-Rome, *Pierre Sengès*
P1261. La Beauté des loutres, *Hubert Mingarelli*

P1262. La Fin de tout, *Jay McInerney*
P1263. Jeanne et les siens, *Michel Winock*
P1264. Les Chats mots, *Anny Duperey*
P1265. Quand j'avais cinq ans, je m'ai tué, *Howard Buten*
P1266. Vers l'âge d'homme, *J.M. Coetzee*
P1267. L'Invention de Paris, *Eric Hazan*
P1268. Chroniques de l'oiseau à ressort, *Haruki Murakami*
P1269. En crabe, *Günter Grass*
P1270. Mon père, ce harki, *Dalila Kerchouche*
P1271. Lumière morte, *Michael Connelly*
P1272. Détonations rapprochées, *C.J. Box*
P1273. Lorsque la nature parlait aux Égyptiens
Christiane Desroches Noblecourt
P1274. Le Tribunal des Flagrants Délires 1
Pierre Desproges
P1275. Le Tribunal des Flagrants Délires 2
Pierre Desproges
P1276. Un amant naïf et sentimental, *John le Carré*
P1277. Fragiles, *Philippe Delerm et Martine Delerm*
P1278. La Chambre blanche, *Christine Jordis*
P1279. Adieu la vie, adieu l'amour, *Juan Marsé*
P1280. N'entre pas si vite dans cette nuit noire
António Lobo Antunes
P1281. L'Évangile selon saint Loubard, *Guy Gilbert*
P1282. La femme qui attendait, *Andreï Makine*
P1283. Les Candidats, *Yun Sun Limet*
P1284. Petit Traité de désinvolture, *Denis Grozdanovitch*
P1285. Personne, *Linda Lê*
P1286. Sur la photo, *Marie-Hélène Lafon*
P1287. Le Mal du pays, *Patrick Roegiers*
P1288. Politique, *Adam Thirlwell*
P1289. Érec et Énide, *Manuel Vázquez Montalbán*
P1290. La Dormeuse de Naples, *Adrien Goetz*
P1291. Le croque-mort a la vie dure, *Tim Cockey*
P1292. Pretty Boy, *Lauren Henderson*
P1293. La Vie sexuelle en France, *Janine Mossuz-Lavau*
P1294. Souvenirs obscurs d'un Juif polonais né en France
Pierre Goldman
P1295. Dans l'alcool, *Thierry Vimal*
P1296. Le Monument, *Claude Duneton*
P1297. Mon nerf, *Rachid Djaïdani*
P1298. Plutôt mourir, *Marcello Fois*
P1299. Les pingouins n'ont jamais froid, *Andreï Kourkov*
P1300. La Mitrailleuse d'argile, *Viktor Pelevine*
P1301. Un été à Baden-Baden, *Leonid Tsypkin*
P1302. Hasard des maux, *Kate Jennings*
P1303. Le Temps des erreurs, *Mohammed Choukri*

P1304. Boumkœur, *Rachid Djaïdani*
P1305. Vodka-Cola, *Irina Denejkina*
P1306. La Lionne blanche, *Henning Mankell*
P1307. Le Styliste, *Alexandra Marinina*
P1308. Pas d'erreur sur la personne, *Ed Dee*
P1309. Le Casseur, *Walter Mosley*
P1310. Le Dernier Ami, *Tahar Ben Jelloun*
P1311. La Joie d'Aurélie, *Patrick Grainville*
P1312. L'Aîné des orphelins, *Tierno Monénembo*
P1313. Le Marteau pique-cœur, *Azouz Begag*
P1314. Les Âmes perdues, *Michael Collins*
P1315. Écrits fantômes, *David Mitchell*
P1316. Le Nageur, *Zsuzsa Bánk*
P1317. Quelqu'un avec qui courir, *David Grossman*
P1318. L'Attrapeur d'ombres, *Patrick Bard*
P1319. Venin, *Saneh Sangsuk*
P1320. Le Gone du Chaâba, *Azouz Begag*
P1321. Béni ou le paradis privé, *Azouz Begag*
P1322. Mésaventures du Paradis
Erik Orsenna et Bernard Matussière
P1323. L'Âme au poing, *Patrick Rotman*
P1324. Comedia Infantil, *Henning Mankell*
P1325. Niagara, *Jane Urquhart*
P1326. Une amitié absolue, *John le Carré*
P1327. Le Fils du vent, *Henning Mankell*
P1328. Le Témoin du mensonge, *Mylène Dressler*
P1329. Pelle le Conquérant 1, *Martin Andersen Nexø*
P1330. Pelle le Conquérant 2, *Martin Andersen Nexø*
P1331. Mortes-Eaux, *Donna Leon*
P1332. Déviances mortelles, *Chris Mooney*
P1333. Les Naufragés du Batavia, *Simon Leys*
P1334. L'Amandière, *Simonetta Agnello Hornby*
P1335. C'est en hiver que les jours rallongent, *Joseph Bialot*
P1336. Cours sur la rive sauvage, *Mohammed Dib*
P1337. Hommes sans mère, *Hubert Mingarelli*
P1338. Reproduction non autorisée, *Marc Vilrouge*
P1339. S.O.S., *Joseph Connolly*
P1340. Sous la peau, *Michel Faber*
P1341. Dorian, *Will Self*
P1342. Le Cadeau, *David Flusfeder*
P1343. Le Dernier Voyage d'Horatio II, *Eduardo Mendoza*
P1344. Mon vieux, *Thierry Jonquet*
P1345. Lendemains de terreur, *Lawrence Block*
P1346. Déni de justice, *Andrew Klavan*
P1347. Brûlé, *Leonard Chang*
P1348. Montesquieu, *Jean Lacouture*
P1349. Stendhal, *Jean Lacouture*

P1350. Le Collectionneur de collections, *Henri Cueco*
P1351. Camping, *Abdelkader Djemaï*
P1352. Janice Winter, *Rose-Marie Pagnard*
P1353. La Jalousie des fleurs, *Ysabelle Lacamp*
P1354. Ma vie, son œuvre, *Jacques-Pierre Amette*
P1355. Lila, Lila, *Martin Suter*
P1356. Un amour de jeunesse, *Ann Packer*
P1357. Mirages du Sud, *Nedim Gürsel*
P1358. Marguerite et les Enragés
Jean-Claude Lattès et Éric Deschodt
P1359. Los Angeles River, *Michael Connelly*
P1360. Refus de mémoire, *Sarah Paretsky*
P1361. Petite Musique de meurtre, *Laura Lippman*
P1362. Le Cœur sous le rouleau compresseur, *Howard Buten*
P1363. L'Anniversaire, *Mouloud Feraoun*
P1364. Passer l'hiver, *Olivier Adam*
P1365. L'Infamille, *Christophe Honoré*
P1366. La Douceur, *Christophe Honoré*
P1367. Des gens du monde, *Catherine Lépront*
P1368. Vent en rafales, *Taslima Nasreen*
P1369. Terres de crépuscule, *J. M. Coetzee*
P1370. Lizka et ses hommes, *Alexandre Ikonnikov*
P1371. Le Châle, *Cynthia Ozick*
P1372. L'Affaire du Dahlia noir, *Steve Hodel*
P1373. Premières Armes, *Faye Kellerman*
P1374. Onze Jours, *Donald Harstad*
P1375. Le croque-mort préfère la bière, *Tim Cockey*
P1376. Le Messie de Stockholm, *Cynthia Ozick*
P1377. Quand on refuse on dit non, *Ahmadou Kourouma*
P1378. Une vie française, *Jean-Paul Dubois*
P1379. Une année sous silence, *Jean-Paul Dubois*
P1380. La Dernière Leçon, *Noëlle Châtelet*
P1381. Folle, *Nelly Arcan*
P1382. La Hache et le Violon, *Alain Fleischer*
P1383. Vive la sociale !, *Gérard Mordillat*
P1384. Histoire d'une vie, *Aharon Appelfeld*
P1385. L'Immortel Bartfuss, *Aharon Appelfeld*
P1386. Beaux seins, belles fesses, *Mo Yan*
P1387. Séfarade, *Antonio Muñoz Molina*
P1388. Le Gentilhomme au pourpoint jaune
Arturo Pérez Reverte
P1389. Ponton à la dérive, *Daniel Katz*
P1390. La Fille du directeur de cirque, *Jostein Gaarder*
P1391. Pelle le Conquérant 3, *Martin Andersen Nexø*
P1392. Pelle le Conquérant 4, *Martin Andersen Nexø*
P1393. Soul Circus, *George P. Pelecanos*
P1394. La Mort au fond du canyon, *C. J. Box*

P1395. Recherchée, *Karin Alvtegen*
P1396. Disparitions à la chaîne, *Åke Smedberg*
P1397. Bardo or not bardo, *Antoine Volodine*
P1398. La Vingt-septième Ville, *Jonathan Franzen*
P1399. Pluie, *Kirsty Gunn*
P1400. La Mort de Carlos Gardel, *António Lobo Antunes*
P1401. La Meilleure Façon de grandir, *Meir Shalev*
P1402. Les Plus Beaux Contes zen, *Henri Brunel*
P1403. Le Sang du monde, *Catherine Clément*
P1404. Poétique de l'égorgeur, *Philippe Ségur*
P1405 La Proie des âmes, *Matt Ruff*
P1406. La Vie invisible, *Juan Manuel de Prada*
P1407. Qu'elle repose en paix, *Jonathan Kellerman*
P1408. Le Croque-mort à tombeau ouvert, *Tim Cockey*
P1409. La Ferme des corps, *Bill Bass*
P1410. Le Passeport, *Azouz Begag*
P1411. La station Saint-Martin est fermée au public
Joseph Bialot
P1412. L'Intégration, *Azouz Begag*
P1413. La Géométrie des sentiments, *Patrick Roegiers*
P1414. L'Âme du chasseur, *Deon Meyer*
P1415. La Promenade des délices
Mercedes Deambrosis
P1416. Un après-midi avec Rock Hudson
Mercedes Deambrosis
P1417. Ne gênez pas le bourreau, *Alexandra Marinina*
P1418. Verre cassé, *Alain Mabanckou*
P1419. African Psycho, *Alain Mabanckou*
P1420. Le Nez sur la vitre, *Abdelkader Djemaï*
P1421. Gare du Nord, *Abdelkader Djemaï*
P1422. Le Chercheur d'Afriques, *Henri Lopes*
P1423. La Rumeur d'Aquitaine, *Jean Lacouture*
P1424. Une soirée, *Anny Duperey*
P1425. Un saut dans le vide, *Ed Dee*
P1426. En l'absence de Blanca, *Antonio Muñoz Molina*
P1427. La Plus Belle Histoire du bonheur, *collectif*
P1429. Comment c'était. Souvenirs sur Samuel Beckett
Anne Atik
P1430. Suite à l'hôtel Crystal, *Olivier Rolin*
P1431. Le Bon Serviteur, *Carmen Posadas*
P1432. Traité de savoir-vivre à l'usage des jeunes Russes
Gary Shteyngart
P1433. C'est égal, *Agota Kristof*
P1434. Le Nombril des femmes, *Dominique Quessada*
P1435. L'Enfant à la luge, *Chris Mooney*
P1436. Encres de Chine, *Qiu Xiaolong*
P1437. Enquête de mor(t)alité, *Gene Riehl*

P1438. Le Château du roi dragon, La Saga du roi dragon I
Stephen Lawhead
P1439. Les Armes des Garamont, La Malerune I
Pierre Grimbert
P1440. Le Prince déchu, Les Enfants de l'Atlantide I
Bernard Simonay
P1441. Le Voyage d'Hawkwood, Les Monarchies divines I
Paul Kearney
P1442. Un trône pour Hadon, Le Cycle d'Opar I
Philip-José Farmer
P1443. Fendragon, *Barbara Hambly*
P1444. Les Brigands de la forêt de Skule, *Kerstin Ekman*
P1445. L'Abîme, *John Crowley*
P1446. Œuvre poétique, *Léopold Sédar Senghor*
P1447. Cadastre, *suivi de* Moi, Laminaire…, *Aimé Césaire*
P1448. La Terre vaine et autres poèmes
Thomas Stearns Eliot
P1449. Le Reste du voyage et autres poèmes
Bernard Noël
P1450. Haïkus, *anthologie*
P1451. L'Homme qui souriait, *Henning Mankell*
P1452. Une question d'honneur, *Donna Leon*
P1453. Little Scarlet, *Walter Mosley*
P1454. Elizabeth Costello, *J.M. Coetzee*
P1455. Le maître a de plus en plus d'humour, *Mo Yan*
P1456. La Femme sur la plage avec un chien
William Boyd
P1457. Accusé Chirac, levez-vous !, *Denis Jeambar*
P1458. Sisyphe, roi de Corinthe, *François Rachline*
P1459. Le Voyage d'Anna, *Henri Gougaud*
P1460. Le Hussard, *Arturo Pérez-Reverte*
P1461. Les Amants de pierre, *Jane Urquhart*
P1462. Corcovado, *Jean-Paul Delfino*
P1463. Hadon, le guerrier, Le Cycle d'Opar II
Philip José Farmer
P1464. Maîtresse du Chaos, La Saga de Raven I
Robert Holdstock et Angus Wells
P1465. La Sève et le Givre, *Léa Silhol*
P1466. Élégies de Duino *suivi de* Sonnets à Orphée
Rainer Maria Rilke
P1467. Rilke, *Philippe Jaccottet*
P1468. C'était mieux avant, *Howard Buten*
P1469. Portrait du Gulf Stream, *Érik Orsenna*
P1470. La Vie sauve, *Lydie Violet et Marie Desplechin*
P1471. Chicken Street, *Amanda Sthers*
P1472. Polococktail Party, *Dorota Maslowska*
P1473. Football factory, *John King*

P1474. Une petite ville en Allemagne, *John le Carré*
P1475. Le Miroir aux espions, *John le Carré*
P1476. Deuil interdit, *Michael Connelly*
P1477. Le Dernier Testament, *Philip Le Roy*
P1478. Justice imminente, *Jilliane Hoffman*
P1479. Ce cher Dexter, *Jeff Lindsay*
P1480. Le Corps noir, *Dominique Manotti*
P1481. Improbable, *Adam Fawer*
P1482. Les Rois hérétiques, Les Monarchies divines II
Paul Kearney
P1483. L'Archipel du soleil, Les Enfants de l'Atlantide II
Bernard Simonay
P1484. Code Da Vinci: l'enquête
Marie-France Etchegoin et Frédéric Lenoir
P1485. L.A. Confidentiel : les secrets de Lance Armstrong
Pierre Ballester et David Walsh
P1486. Maria est morte, *Jean-Paul Dubois*
P1487. Vous aurez de mes nouvelles, *Jean-Paul Dubois*
P1488. Un pas de plus, *Marie Desplechin*
P1489. D'excellente famille, *Laurence Deflassieux*
P1490. Une femme normale, *Émilie Frèche*
P1491. La Dernière Nuit, *Marie-Ange Guillaume*
P1492. Le Sommeil des poissons, *Véronique Ovaldé*
P1493. La Dernière Note, *Jonathan Kellerman*
P1494. La Cité des jarres, *Arnaldur Indridason*
P1495. Électre à La Havane, *Leonardo Padura*
P1496. Le croque-mort est bon vivant, *Tim Cockey*
P1497. Le Cambrioleur en maraude, *Lawrence Block*
P1498. L'Araignée d'émeraude, La Saga de Raven II
Robert Holdstock et Angus Wells
P1499. Faucon de mai, *Gillian Bradshaw*
P1500. La Tante marquise, *Simonetta Agnello Hornby*
P1501. Anita, *Alicia Dujovne Ortiz*
P1502. Mexico City Blues, *Jack Kerouac*
P1503. Poésie verticale, *Roberto Juarroz*
P1506. Histoire de Rofo, Clown, *Howard Buten*
P1507. Manuel à l'usage des enfants qui ont des parents difficiles
Jeanne Van den Brouk
P1508. La Jeune Fille au balcon, *Leïla Sebbar*
P1509. Zenzela, *Azouz Begag*
P1510. La Rebellion, *Joseph Roth*
P1511. Falaises, *Olivier Adam*
P1512. Webcam, *Adrien Goetz*
P1513. La Méthode Mila, *Lydie Salvayre*
P1514. Blonde abrasive, *Christophe Paviot*
P1515. Les Petits-fils nègres de Vercingétorix
Alain Mabanckou

P1516. 107 ans, *Diastème*
P1517. La Vie magnétique, *Jean-Hubert Gailliot*
P1518. Solos d'amour, *John Updike*
P1519. Les Chutes, *Joyce Carol Oates*
P1520. Well, *Matthieu McIntosh*
P1521. À la recherche du voile noir, *Rick Moody*
P1522. Train, *Pete Dexter*
P1523. Avidité, *Elfriede Jelinek*
P1524. Retour dans la neige, *Robert Walser*
P1525. La Faim de Hoffman, *Leon de Winter*
P1526. Marie-Antoinette, La Naissance d'une reine. Lettres choisies, *Evelyne Lever*
P1527. Les petits Verlaine suivi de Samedi, dimanche et fêtes *Jean-Marc Roberts*
P1528. Les Seigneurs de guerre de Nin, La Saga du roi dragon II *Stephen Lawhead*
P1529. Le Dire des Sylfes, La Malerune II *Michel Robert et Pierre Grimbert*
P1530. Le Dieu de glace, La Saga de Raven III *Robert Holdstock et Angus Wells*
P1531. Un bon cru, *Peter Mayle*
P1532. Confessions d'un boulanger, *Peter Mayle et Gérard Auzet*
P1533. Un poisson hors de l'eau, *Bernard Comment*
P1534. Histoire de la grande maison, *Charif Majdalani*
P1535. La Partie belle *suivi de* La Comédie légère *Jean-Marc Roberts*
P1536. Le Bonheur obligatoire, *Norman Manea*
P1537. Les Larmes de ma mère, *Michel Layaz*
P1538. Tant qu'il y aura des élèves, *Hervé Hamon*
P1539. Avant le gel, *Henning Mankell*
P1540. Code 10, *Donald Harstad*
P1541. Les Nouvelles enquêtes du Juge Ti, vol. 1 *Frédéric Lenormand*
P1542. Les Nouvelles enquêtes du Juge Ti, vol. 2 *Frédéric Lenormand*
P1543. Que faire des crétins ? – Les perles du Grand Larousse *Pierre Enckell et Pierre Larousse*
P1544. Motamorphes – À chaque mot son histoire *Daniel Brandy*
P1545. L'habit ne fait pas le moine – Petite histoire des expressions, *Gilles Henry*
P1546. Petit fictionnaire illustré. Les mots qui manquent au dico, *Alain Finkielkraut*
P1547. Le Pluriel de bric-à-brac et autres difficultés de la langue française, *Irène Nouailhac*
P1548. Un bouquin n'est pas un livre – Les nuances des synonymes, *Rémi Bertrand*